人间一格

格子 著

译林出版社

图书在版编目（CIP）数据

　　人间一格 / 格子著 . —南京：译林出版社，
2023.1
　　ISBN 978-7-5447-9364-3

　　Ⅰ.①人⋯　Ⅱ.①格⋯　Ⅲ.①随笔 – 作品集 – 中国 –
当代　Ⅳ.①I267.1

　　中国版本图书馆 CIP 数据核字（2022）第 137204 号

人间一格　格　子／著

责任编辑	魏　玮
装帧设计	朱赢椿　杨杰芳
校　　对	孙玉兰　戴小娥
责任印制	颜　亮

出版发行	译林出版社
地　　址	南京市湖南路 1 号 A 楼
邮　　箱	yilin@yilin.com
网　　址	www.yilin.com
市场热线	025-86633278
排　　版	南京展望文化发展有限公司
印　　刷	南京爱德印刷有限公司
开　　本	850 毫米 ×1168 毫米　1/32
印　　张	9
插　　页	4
版　　次	2023 年 1 月第 1 版
印　　次	2023 年 1 月第 1 次印刷
书　　号	ISBN 978-7-5447-9364-3
定　　价	59.00 元

版权所有　·　侵权必究

译林版图书若有印装错误可向出版社调换。质量热线：025-83658316

要我说，无论什么人，都在这美丽的人间画地为牢，人生不过是格子里的方寸世界。本书只探寻了其中一格，在作者自己这里游走一番，难免既有喜形于色，亦有跌跌撞撞。但是天啊，这终归是一段充满奇遇的文字之旅。从诞生地到栖息地，此人大睁着好奇的眼睛打量一切。

是时候翻过这一页了。

目录

回刘村 / 001

随父羡渔 / 018

天鹅湖 / 030

同仁一日 / 049

新手司机 / 060

五十年后 / 072

母校 / 077

问题少年 / 091

火中曲 / 098

树上的男孩 / 105

抬头望故乡 / 113

纵有炮火袭来 / 121

姥娘十年 / 126

人生三花 / 131

如果在晴日，走进胡同 / 141

念出台词时你浑然不觉 / 161

灵魂举头一尺半 / 169

看到月与竹柏便心花怒放 / 173

飞鸟与冬天 / 178

世上最小的海 / 185

绿房子纪事 / 192

与神共舞 / 196

寻常深夜 / 202

我对超市的意见 / 212

童款乐高 / 217

风雪西北路 / 219

再见猎人 / 222

世有未竟之访 / 233

苏联母亲的护照 / 238

失败者之歌 / 244

书签 / 255

与寂静对决 / 261

只是她并不知道自己的美 / 268

时间的奴隶 / 271

你是我的自由（后记）/ 275

回刘村

通往刘村的路崎岖不平，让人不想动身。如果从北京出发，需要提前两天买票，提前两小时出发去高铁站，历经一段飞速而迷幻的旅程后，在火车站外终年无休的叫卖声中找到一辆愿意下乡的车。还要在国道、县道、乡道和莫名其妙的坑洼道上忍耐两个小时，才能看到村头两个吉祥物一般的垃圾桶。那曾是全村步入现代文明的标志。

由不得人一厢情愿，灰泥路畔的每朵花都离凋谢不远了。迎着阳光看一朵粉色的花，个头小了些，却有股凛然之气，想必出生时以为自己能成为一朵巨大的、盛开的玩意。终究季节不对，被秋风斩落几片花瓣后，长得已不规整。残缺固有其美，却难以服众。人们想看的花，总像春天那样，美到俗艳，成群连片。

这年秋天，我随季节的召唤回了趟老家，一年多没打开那扇红色的门，故园早已荒芜。进屋时，蜘蛛网无情地查封了我的炉台。一只小鼠路过，带着一成不变的节奏踱步走开，出生以来没见过人类，给了它不必要的自信。厨房传来蛐蛐的叫声，秋末正是求偶季节，再多几只恐怕足以演奏交响乐。这还只是动物与昆虫的情况，院子里，草木摆开了浩大的声势。早些年我爹迷上了养猪，辟了一半的后院给小猪们撒欢，后来赚过一年钱，赔了大约九年钱。此事按下不表，但十年粪肥留在地上，再加上一夏丰富的雨水，养疯了满园青草。站在院子里，除了几株不甚旺盛的花和跟杂草混在一起略显不甘的韭菜，居然所有植物都比我高。我站在绝望的中心，盘算着何时逃离。知识分子回乡，风吹草动易断肠。半个上午之后再到后院，爹妈已然汗流浃背。我惊讶地看着二老，不敢相信后院的路已整洁如昔。这个我视作老家的地方，他们珍其为家，难以忍受荒草肆虐。那几株还没谢的花，在风中有点难为情地摇曳，周遭像被剃了光头。

到夜里我站在后院，任凭秋风捶打，一颗颗数星星。那些年北京雾霾最大时，回家最大的安慰便是把北极星、北斗星、猎户座、仙女座扫视一遍，聊以自慰。细数人生零星往事，发现在地面上生活，终究比星空乱多了。没有一颗星真的指引任何人。走到荒芜的故园中间，和行在荒芜的人生中间，总是有几分相像的。太多杂草，太少欢乐。《这个杀手不太冷》里的小姑娘问："人生总是这么痛苦吗，还是只有小时候这样？"里昂冷冰冰回了个："Always."。如今我似乎到了里昂的年纪，再熟悉不过一张冷酷的脸说出冰冷的话。就像在医院里，从第一秒便不耐烦的医生转头对我的第二个问题回了句："不然呢？"

  两百米外是奶奶的坟墓，在家里煮好饺子后，跟着父亲去了坟前。时间久了，对她的模样已经有些记忆模糊。好在基因有神奇的复制功能，随着年龄增长展现得入木三分。我爹闭着嘴望向远方时，侧脸得了奶奶神韵。他站在坟前，小声嘟囔着心里憋了许久的话。我没听清，估计奶奶还活着的时候更听不见。这是一个略显尴尬的时刻，他想倾诉又不想让我听见，想祭拜又希望儿子能一起来。自古仪式感与私密感不可两全。此时此刻的最佳解决方案，父子二人心中都清楚，是奶奶她老人家飞升成仙后，可以用意识交流。我爹就这样嘟囔了半个小时，转身约上我一起给奶奶行礼。我们把酒洒在坟前，点燃了一沓母亲叠好的纸钱，看着火苗在纸上跳动，留下一地黑色的灰。风把灰吹到饺子上，又轻拂墓碑，打上一些印记。坟头比以前又高了，想必清明节时三叔来添过土。在生养人、动物的土地上，老人离开越久，坟越大。就像所有试图用规模抵抗时间的尝试一样，最终这些也会平息下去，归于尘土。但此刻，我们用这种方式刻下年轮。

村里洁净得像刚迎接过上级视察。这个一共八十多户人家的村子，前后分成七排，此刻每一排都能望穿，总感觉哪里不对。过去整个村庄站满了大白杨树，夏天炎热的风轻轻扫过，青色的叶子翻半个跟头，像热得翻了白眼。站在村头只能看到第三户门前的三轮车、第四户门前的牛和第五户门前的老童养媳，再远处就被树和草垛挡住了。如今道路尽头是村西的田，甚至还能看到更远处的村子。每一家房顶上，都装了灰黑色的太阳能板。村子在荒芜之前，仅存的价值是土地。一家太阳能企业为村里每一户房顶装满了太阳能电池板，砍掉了所有可以挡光的树。此刻放眼望去，太阳直射下来，整个村子感觉像立满墓碑，暗沉色的房顶铺展开去，竟连绵不绝。我有些忍俊不禁，欣赏起这年代感十足的美学。从记事起，村子便一直变化。灰黄色的土砖院变成红色大瓦房，再变成高大的水泥混凝土房。如今，房子终于不变了，房顶安插上科技的翅膀。我看着乌云一样的村子，想象它正在将太阳能转化为电能，造福整个人类。

　　那个瞬间我觉得村子一成不变。几年前，村东头有一片不大的地梨子湾，一年四季总浸满了水。小时候母亲到地里干活，把我抱到柳树上去，一待就是一个上午。十几年前，人们叫来挖掘机和铲车，在这片地梨子湾前轰鸣日久，推平了一切。不知他们从哪里弄来那么多土，最终填满了永远都在冒水的地方。没过多久这里就变成一片平地，再也没了黑色的树林和地梨子湾。童年就此消逝。本村不幸，上天本来降下一位树上的男爵，却没想到他五岁那年就被伐了栖身之树。新种下的树生长了二十多年，男爵他老人家冉冉升起之际，人们又砍了全村的树，种呀种呀种太阳。就算文曲星想下凡到不才头上，也得掂量一下能否抵住太阳能板那黑洞一般的吸力。儿时困惑大人们为何一定要推平那片树林，如今我似乎看懂了，又似乎丁点长进也无。这世界一直是有规律的，管西西弗斯信不信。

　　一个真正的熟人社会，充满温暖的空气。我从村头走到村后，又从村后走回村头，一个下午飘走了无痕迹。人们问我的问题都简单易答，我所关心的对方近况亦肉眼可见。在问题中留足面子，是土地和时光共予的智慧。我像一株无土栽培的植物，回到故土时满心愧疚。眼前是曾生我养我的土,如今我却浮在漂亮的玻璃缸里摇曳。很难回到土地面前说希望昨日依旧,那些日子在记忆中金黄却在现实中灰头土脸。

譬如罢!曾有那么一天大爷爷家大爷的五女儿带着比她小的族中孩童,到西坡去放鹅,那一天赶了二里地,鹅累得不想爬坡。五姐心生一计,让我等人手拎着两只鹅的长脖子,一直拖上坡去。气喘吁吁的旅程结束时,那个下午夕阳很美,但山顶却摆满了死去的小鹅。回去后五姐挨了顿毒打,我们再也没跟她上过山。你看记忆总是这样,当它成为故事时如此动人,发生时却黑云压城。如今村子摆在我面前,五姐嫁人也二十多年了,如果此刻她出现在面前,只怕我会一声尖叫,就像面对其他很多位出嫁的、出省的、出息了的、出狱的旧人一样。时光何止刀刻斧凿,它能让一个两手拎小鹅上山的女孩变成母亲,也能让跟在后面的那个小男孩至今幼稚过人。

小学、初中同学们闻到了我的气息,结伴而来,像一座座山出现在家门口,每一座都超过二百斤。我们把一箱箱啤酒放进后备厢开到镇上,又搬到包厢里。两个同学站在门口说话,挡住了门外的地板、人群、餐桌、绿植和吊灯。我顾影自怜，发现自己在大城市生活的证据居然是身材尚显匀称。农耕文明里殷实的日子，总是量产胖子。他们把烙饼、炒肉和花生大口大口塞进去，再灌一大杯啤酒，看上去嘴里还未满。我东施效颦，试图展示自己基因本可以表达出的状态，喝下一瓶又一瓶啤酒，吃下一卷又一卷"饼卷烧肉"。我们是同类，是土地的孩子，是陪碳水跳舞的精灵，是喝了十八碗酒能去打虎的汉子。

夜半时分，啤酒瓶摆满地板。大家已经轮番走到窗外，往路边一辆大卡车轮胎上尿了数之不清的印记。回到包间，我以为这场致青春要迎来灿烂收场，几个同学搂在一起咧嘴大笑："怎么感觉可以开始喝了呢？"

一瓶又一瓶白酒搬到屋里、胃里，浑然不顾北京回来的客人哀号。我清晰记得自己每一次断片，最后的记忆大都是乡音为伴。这次毫不例外，只是在失去记忆前，大家帮我找回了许多回忆。十八岁那年夏天我们喝完酒，几个年轻的汉子把我从窗户塞回家。那可真是狗年月。成月成月打"够级"，整夜整夜喝大酒。任何人在这段记忆中，都留下一副丑态。记得当年酒量相当不赖，未曾怕过哪位。谁想岁月留痕各有轻重，喝到醉眼蒙眬时，分明听到他们越发开心的呐喊。一个人能在酒中找到快乐，便已不再年轻了。但你不能把自己交给这玩意，它待谁都刻薄。(即便如此,回到北京后我还是写下一行颇为俗气的句子:"烂醉如泥的夏天过去了十几年,烂醉如泥的我才爱上当年。")

其实我还记得那天回家的路,月光清冷无助,我们中有人推着汽车,有人走在泛着光的柏油路上,歪歪扭扭,如人生此时这般无助。酒后人人心事重重。依儿时标准,生活算相当不赖。我们见识过穷日子,馒头、咸菜和粥塞满干瘪的肚子。如今在不同的城市里,这群山一样的胖子为银行、石油公司、房地产公司、广告公司、挖掘机雇主、国企和媒体工作。现实像教科书成真一样虚幻,又如何。伴着夜风,无数情绪涌上心头,酒精开始发作,燃烧起了无数与命运有关的玩笑。一阵天旋地转。

风带来香味,闭上眼细嗅,想起这个季节的武大,满是桂花香。我爹不知何时在门口种上了金桂、银桂,正是金桂飘香时。南方遍地桂花,北方这几年才开始种。已经记不清当年为何稀里糊涂去了南方,却在北方的秋天里,疯狂想念桂花香笼罩的一切。爱记忆中的一切最容易。时光不打算把自己摆在任何人面前,放心追忆就好。见儿子爱此花香,我爹张罗着来年种上四季桂,每个季节都香。农村老头真的太不通风雅了,浑然不顾年轻的文曲星只是在矫情。

从老家屋前望出去,生姜已经迎来收获前最后一遍水。泛着黑色光芒的绿叶,已经遮不住喂了一夏天肥料的姜块。有些人家拔了几棵出来,清香的姜草味沿着风袭来。小时候这种经济作物第一次被引进,全村人带着极大的好奇心等待第一次丰收。到秋天,姜草在地里从绿色晒成干黄色,依然是这股扑鼻的气味。如今一亩地能产一万多斤生姜,年份好的时候,一斤能到两三块钱(自然是年份不好的时节居多)。大葱也露出了半米高的身子,随风摇曳着葱花。农民受尽万般苦,这是唯一值得期盼的日子。经纪人们来到地头前,打哑谜一样低诉着今年的价格。这些信息会随着风和嘴在半天之内传遍全村,人们对这一年便心里有了数。今年赚钱皆大欢喜,今年不赚钱明年接着来。被城市文明改造后,我完全不知这乐观从何而来,如何年复一年去忍受。

但我的乡邻们还是在计划着,冬日来临之前赶紧去挪几棵树、几株花。秋收再忙,也不可误了这个时节。卖花老汉经过我家门前,熟练地推开门同我爹寒暄,坐下来喝了一整壶茶。听半天才明白,若不是这两年把爹妈接来城里,此刻我爹已经是卖花老汉的合伙人,而我将是卖花人之子。多酷的称号，居然被自己毁了。我爹，一个同车与机械打了一辈子交道的汉子，一个闲来无事能发明个机械玩具的男人，在头发花白之后封存了一切工具，全心全意爱上了养花。假如我哪天扔掉所有纸笔，转而迷上跳舞，想必无须惊讶。刘村像是一曲全自动交响曲，我家种上的一切花与树，都与其他家不重样。邻居家自觉避开了我们已经种好的颜色，比如黄色的迎春花与四五棵秋天来临时红艳艳的树，转而选了紫丁香与粉色月季。这是一场永无止境的军备竞赛，参战各方全情投入。既然不让栽白杨树，索性种起了花和灌木。有些人家居然打起冬青的主意，绿油油一片围在墙外，看上去像一座为应付检查临时搭建的公园。抛开美感，其中洋溢着让人喜爱的攀比心。几年前人们互相攀比生姜产量，如今居然在攀比谁家花美。

记忆不会有错。小时候在大队里，那位眉毛修长的村支书招呼孩子们玩。我们翻遍了办公室里角角落落，居然找到一封情书。是隔壁任村一位青年写来的，收件人名字不熟悉，这在农村再正常不过，孩子们拥有的只是乳名和绰号，没有人记得你姓甚名谁。在那封当事人永远无法收到的信里，我第一次感受到男人可以是一个浪漫的生物。那个下午，从外村来的村支书听我念完信，若有所思地拿过去读了半天。那位姑姑已经嫁人了。他将信整整齐齐叠起来，放回信封，放回抽屉。我对他的印象相当不赖，此公配得上一个满是鲜花的村子。

爹妈回家后，根系便扎进土里。难以想象一个人若安心生活在农村，有多少事情可以干。他们眼神一对，便能一个去拉电闸，一个去伸水管，留下我一个外人尴尬地站在原地，想起来门前的树该浇点水了。从早到晚，他们一刻不停，将家重新排列组合。最终家的确看上去更像家了，前后差别细致入微，恕我难以描述清楚。他们精打细算地数着日子，打算在这有限的时间里，把"必须要干"的事做完，才能放心离开。尤其是那些娇弱的花，要在冬天来临之前搬回屋里，才能撑到春分后。

刘村可能不会存在太多年了，四十岁以下无人留在村里。小时候我们与北边惠村打群架，从十岁到二十五岁，双方作战人员能凑出一百多号人。如今打眼望去，多情应笑我，满村白发。就像一棵原本年年开花结果的树，忽然间枯萎下来，老果子挂在树上风吹日晒苟延残喘。一户又一户空置下来，老人们跟着孩子进城去。剩下坚定的保村派和进不了城的老人，在村里种满鲜花。爹妈想留在这里，却不得不进了城。有那么一段时间，我爹大清早便会发来诸如"最大的不孝就是让爹娘离开生我养我的家乡"的链接,我便回一个"不给孩子添麻烦便是最大的爱护"之类的文章,父子在时代注视下斗智,不曾分出胜负。如今看着萧索的秋风中,满村太阳能板闪着光、白发、鲜花摇曳,想到有那么多代人在此出生繁衍,居然是在我们这一代四分五裂、走向败亡,最有文化的一代成了败家子,一时嘴边嗫嚅,不知从何说起。

世上最哗众取宠的工作堪称历史学家。虽说闲暇时间我也热爱读历史,甚至颇有几位朋友以此为业,但这份工作简直让人毫无信心。即便一个只有三百多人的小村子,都找不到一个能说清楚的人。我可为这事费了心,打记事时起就没停下打听,试图以一己之力为刘村留下历史。故事往往从山西洪洞大槐树下讲起,那几乎是山东、河南、河北每个村子共同的起源。老人们往往从这里,一步就跨到"俺爷爷还有的时候……",中间数百年历史,就此一笔略去。老人们的故事里,只留下了自家光荣和他人龌龊。好处是,因为时间漫长,所以有足够多机会交叉印证。春节后的几场大酒里,你甚至可以听到当事双方和第三四五六七八九十方辩论,真相越辩越多。时不时地,他们会插几句跟我有关的话:"早些年村里大部分地都是你老爷爷的","你爹、你大爷和你叔十几岁时差点饿死"……我小心翼翼地收集着碎片，试图在一个村子的讲述中，看到山东，看到北方，看到中国。有时人需要一些不切实际的幻想，以一叶落预测秋天来临。正是虚妄的幻想支撑着无望的世界。

其实村子一度让我颇为惊讶。即便心里明知，在它平静的风范之下，必有不曾示人的暗流。然而真相乱花扑面，堪称一份不曾中断过的都市报。你拿一部摄像机对准随便一个北方农村，看到的想必是黄土与红日共同塑造的面孔。现实则是某村不才，可以填满报纸的每一个版：杀妻、弃女、喝药、偷情、造反、暴富、黑吃黑、私生子、贪腐……有那么一次，村里选举时，全村人每天都会在出门捡柴火或是倒尿盆时收到地上摆好的打印稿，上面要么是一封情真意切的信，要么是一首相当不赖的打油诗，讽刺对手不得其道。呐喊声如杜鹃啼血，字字珠玑。那几封信依我看，已经超过 99% 的评论文章。因为评论这玩意最开始发明，是打算说理、引人共鸣的，如今受过训练的那批忘了初心，伟大的评论之神在一个只有八十多户的小村子里浴火重生。选举的结果，是偷偷写诗论战的这位输了，村子里从此多了位充满挫折与怨恨的老诗人。家国不幸诗家幸，想其作品日后定能付梓。

再也不会有那么活色生香的日子了。儿时，一年春日，老屋北边传来冲天的号哭。母亲带着我冲过去，看到她关系最好的婶婶躺在地上，天井里飘满浓重的"敌敌畏"气味。那年月，农药刚刚普及，我们还只认识"敌敌畏"。周边村子已经有过几个女人喝它自杀，成功率极高。也许时间让人们淡忘了，过去农村女性自杀率远远高于男性，生活给人施加的从来不是平均主义。母亲急忙冲上去，拍打着她的背大哭，边哭边骂她怎么如此糊涂。她丈夫，一个老实巴交的男人，手忙脚乱地出去喊人、找车，把她往县医院送。我那时年幼，只知道怔怔地跟在母亲身后，很快便发现了一个细节，母亲不再那么激动了，她甚至有点轻松。在人们无暇顾及时，母亲去舀来一瓢水，给那个婶婶漱口，轻轻帮她清洗脸庞。等车来后，婶婶被人七手八脚抬上车，母亲便带我回了家。直到这么多年过去，我都没忘记那天的答案。

"她冲我挤了挤眼，偷着说'我没喝'。"母亲笑了笑。天井里浓重的"敌敌畏"气味，是因为婶婶把一整瓶都洒了出去。

那个婶婶，其实早已忍到极限。当年不情不愿嫁的这个丈夫，既不能遮风挡雨，也不能体恤关怀。没过多久，她偷偷离开村子，不知其踪。几年后再有消息时，已经在遥远的地方嫁了别人。我只记得,她家门庭比南边的屋子矮一些,总晒不到太阳,长满了青苔。有一次,我目睹一条蛇钻进墙边的鸟窝,很快传来腥臭的味道,日复一日、久久不散。到她离开后几年,就连这番蛇鸟争斗的痕迹都烟消云散。房子立在那里,没有人气,也没有生机。她曾经的男人似乎认为这场出走是被人唆使,于是每年春节前便来到那户人家门口破口大骂一个下午,向里面扔无数砖块。我围观过几年,从未见过那家人反抗。农村似乎有一套暗暗运行的逻辑,即便如今我已成年,也并不全然了悟。

  热闹看久了,难免心生倦怠。有时我沿着土路溜达,手里拿着砖块以防不时冲出来的狗,感觉村子还像从前一样。许久以前,我站在太平洋边端详过一整个下午,巨浪每次拍向岸边时都酝酿着一股不同的劲头,与礁石撞出形状各异的浪花。看完了便心知肚明,浪便是浪,它或许看上去永远都不一样,但并没有关系。人不会两次迈入同一条河流,却总会迈入河流。村子里的一切,都是人类的元问题。贪嗔痴慢疑,七宗罪,随便找一个都能套在刘村。它们只是披了村人的外衣,用一口山东话悄悄演绎。但要找这么一个地方也不那么容易了。在北京的日子举目四望,小区里居然一个人也不认识。邻居们每天在电梯里点头示好，奔向各自的洪流，老死而不相往来。每当这时，我就想回到刘村，在牛叫狗吠鹅鸣声中，故意走向每一张熟悉的面孔，打个不咸不淡的招呼，互相关心一下生活。这可不寻常，这年月人们不喜欢关心跟自己没关系的事。山东话有趣得紧，一大半都是冠冕堂皇之语，说一下午或许都没有半点信息量，然而每个人都深陷在这游戏中。"你吃了木？""都极好啊？""又胖了，真好。""想死俺了。"……像互相为对方演奏一首没有终点的曲子，要到牛羊归家、炊烟四起才缓缓作罢。

故乡在此刻不可信。它以熟悉的旋律与一成不变的乡音，将人归拢在暮色深沉时温暖的炕席上，放弃一切批判与自省。哪有什么历史，不过是人对现实不满意，对未来不确定，想找点安慰剂。在老家我躺了七个日夜，像经历了自己的创世记那般混沌。我和上帝之间的区别是，祂七天都在做不同的事，而我发了同样的呆。没有人能留住一座秋风中的村子。总能听见风在半夜路过窗台，又席卷远方的树叶而去。虽说叶子也不多了。星空和故乡同时掠过头顶，留下绚烂的痕迹，却什么都不曾解释。

总是这样，人们希望神灵有求必应，希望故乡无话不说。我带着人生苦恼回到破土而生的地方，妄图让它解答一切，却听到土地深沉无言。问题不在这里，答案也不在这里。它只希望我在蟋蟀鸣叫声中，在最后一颗星星黯淡之前，沉沉入睡。

随父羡渔

我和我爹、我外甥在暴风雨中走到了海边的山上。他们爷俩都披了透明塑料雨衣,我撑一把黑雨伞,与风雨对抗着前进。这是崂山脚下一处不寻常的无名山,面向海的那一面像画刀切出来的,笔直竖立,直面浪头。我们站在盛夏的草地上,深一脚浅一脚地走到崖边,一个巨浪打在山上,溅出地面七八米高。我们情不自禁地仰头称赞,作为内陆农村人,此情此景仿若置身电影。

时间就这样过去了半小时,直到雨打湿全身,风吹过时凉意刺骨,祖孙三人才有些不舍地慢慢下山。路上,我爹好奇地问:"涨潮退潮什么规律?"

类似这样的问题,来到城市生活后,我爹每次见面都能提出一两个。在村子里,他或许不是最渊博的人,但好奇心一村无两。如今来到城市生活，他已经竭尽全力试图理解一切，但未知的问题远远多过已知的答案。我也一样，只是被互联网拯救了。在七十岁之前，他成功掌握了智能手机和微信的基础功能，但难以再进一步。产品经理们围绕着年轻一代搞出来的设计，经常让他摸不着头脑。即便如此，我爹也从不妥协，一次也没用过微信的语音功能，坚持发文字。

潮汐表对他来说，还是稍显复杂。我研究了一会，以己之昏昏，成彼之昭昭，把青岛这片海域的潮汐分布讲了个大概。我爹听完就有了主意，抛出第二个问题："捉螃蟹是涨潮还是退潮时去下笼子？"

互联网对此一清二楚，我亦听懂了背后深意。于是第二天便带他出门去买了蟹笼。做了一辈子手工活的我爹，对蟹笼的设计赞叹不已。螃蟹可以进去，但往里走深几步，便几乎出不来了。我们在蟹笼里放满了臭鱼烂虾，在一个刚刚开始退潮的上午，把它扔进水中，另一头用绳子系在了岸边的石头上。

下午五点，夕阳打在温和的海岸线上，我们踩着荆棘与杂草来到海边，又互相搀扶着走过一片乱石。最终两人合力拽蟹笼上岸，在它出水的刹那一起发出欢快的叫声——二三十只螃蟹正在笼子里团团转，走不出这伟大的人类发明。那天晚上，我们十分热情地邀请全家人吃油炸螃蟹（个头实在太小，不足以用其他方式烹饪），大家怀着爱与尊重，每个人尝了一口。餐桌并不是捕猎最后的归宿，完全没有影响两个天才渔民继续去买了两个蟹笼。

我们打定主意，用三个蟹笼猎捕时要有所取舍，只留下足以清蒸或者红烧的大螃蟹，放走小螃蟹。要让螃蟹走上餐桌，此事有关尊严。作为初步掌握了潮汐规律的新渔民，我们在下午又开始涨潮时来到海边，煞有介事地选择了三个点位。三人合计之后孤注一掷，决心捞走这片海域所有螃蟹，于是把准备的所有臭鱼烂虾都放进蟹笼，将它们扔向二十米外的海水中。从乱石中走出来，站在有些清冷的海边，大家凝视远方，波涛滚滚袭来，一遍遍冲刷着石头。我爹说，他没事就会带我娘亲到这边走走，看看海。我觉得有点浪漫，但话到嘴边没说出口。

吃过晚饭，我进入自己的世界，在昏暗的客厅一角躺着看手机，在与螃蟹战斗一整天后，需要像个年轻人一样玩会。晚上十点多，我爹笑意盈盈地走来，有些不好意思地问，这个点是不是开始退潮了？我查了一下潮汐表，点头称是。

"要不咱们去看看蟹笼？"

"不睡觉吗?"往日他都是九点半就睡了。

"我现在精神很好。"

于是爷俩拿起手电筒,在黑夜中走向海边。出了家门口就发现,外甥已经穿好衣服尾随。猎捕点什么对男人们来说可能有无穷的魅力,我怀疑这一点被写进了基因。沿着下过雨的路走到海边,看到深黑色的海面上泛起轻微的光芒。远处几盏灯打在海上,除此之外城市几乎全然入眠。我们摸到蟹笼所在,拖上来发现收获没有想象的多。每只笼子里只有五六只大小不均的螃蟹,在手电筒的光束中惊恐逃窜。笼子里的鱼虾诱饵已经被海水冲没了。我们把笼子重新扔回海中,打道回府。

"你说退潮是到几点来着?"我爹问道。

"凌晨两点。"

"是不是那会螃蟹收获最多,再晚有些就跑出去了?"

"我不会再来的,不然这个小家伙也会两点不睡觉,跟着咱们。"我指着外甥说。显然,此刻我面对的是一位上瘾的老顽童,必须斩钉截铁地做决定。

第二天早上七点,醒来时看到他在床边等待已久。于是我顶着蓬松的头和油腻的脸,带着一老一少赶到海边。夏日的清晨微凉,一行人心情火热。此刻我也有了强烈的胜负心,希望这一幕皆大欢喜。潮水已经退向深处,露出黑色的小石头和淡黄色的海沙。我们能看到两百米那么远，视野清晰空旷。没有一个蟹笼残留。想到前一夜我们将绳子打了无数结，眼前的情况再明显不过，有人比我们来得早，收走了全部蟹笼和战利品。我们百无聊赖地踢着小石头，相视苦笑，大度地原谅了偷走一切的那个人，然后决定动身去买几个蟹笼。

  捕猎螃蟹的启示之一，就是它的乐趣非常短暂。我们每次来到海边，都看到几个老年人久久地坐在那里，手里抓着一根钓竿，脚边放着两个彩色的水桶。我爹在农村生活久了，习惯跟每个人都可以说话。比如他带我去镇上买菜，路上能跟二三十个人停下来聊会，一个上午只能顾得上买一次菜。来到城市以后，他依然热衷于跟人聊两句，仿佛大家认识了一辈子。你很容易从对方的反应得知，被搭讪的老头来自城市还是农村——城市里的老人，会警惕地看他一会，再决定接不接茬；农村来的老人，几乎毫无防备地便聊上了。那个季节正是鱼上钩的时节，每个水桶里都有几条鱼。他去跟每个钓鱼的人聊天，不管对方是否愿意搭话。显然，在田地里待了一辈子的父亲，正在试图转型成一个渔民。依愚见可能稍微晚了些，但想必谁也拦不住他踏上这条路。

节俭了一辈子之后，对于频繁添置新装备，他显得扭扭捏捏。但我们发现他找到爱好后，立刻手忙脚乱地买来几根钓竿和书。我爹戴上眼镜，日夜不息，翻完了一整本教材。此时谁去他身边，都能得到一些钓鱼方面的启发。他的iPad里，开始陆续播放一些钓鱼技巧讲解视频。（需要再过很久我才能从这股精神感染中走出来，明白钓鱼是一项经验科学，就像炒股不能靠看书一样。一位朋友的父亲在海上打了一辈子鱼，退休几年后开始钓鱼，用了不到一个月就可以一钩钓上两条鱼。此时这一点还并不明朗。）

　　几个月后再回青岛，我爹背着的黄色探险包（一家专门做旅游的互联网公司为年轻一代户外徒步所设计）已经鼓鼓囊囊。几个月里，他十分精简又步履不停地为自己添置了一些鱼钩、鱼线、鱼饵、浮漂、手套、剪刀。包里一个铁盒装满了泥土，有几条蚯蚓在其中钻来钻去，我爹解释，每一条都值一毛钱。作为一个农村人，他早就觉得城市疯了，蚯蚓居然需要花钱买，不过是一个最新例证。包里还有一个水壶和一袋茶叶，挂了一个简易马扎，看上去他已经为坐着钓一整天做足了准备。

　　我们一起找了片没人的海，我爹走到一块伸到海中的礁石上，展示他苦练了一个多月的技术。手里是一根海钓竿,有一个硕大的线箍,我爹双腿前后叉开,钓竿背在身后,向前猛地甩了出去,鱼钩飞到三十米远处。我爹摇摇头,对这一次竞赛成绩颇为不满。他发现,自己跟那些经验丰富的老头比起来,首先是甩不开钓竿,而海鱼跟河鱼不同,它们不那么喜欢岸边。我拿过钓竿,用尽全力一甩,鱼钩飞出去大约二十米。原来这里面真的有学问。我开始疯狂练习,最终在那个下午结束前,扔到了跟我爹一样远,但依然不足以在这片海域竞争。那个下午,自然又没有收获。

几个月来,我爹没能钓上一条鱼,但不影响他每天都在外出取经的路上。他办了老年卡,带着我娘亲坐公交车去往一片又一片海,以强大的社交能力,为自己找了不知多少位老师。"是个人就是我师傅。"吃百家饭,穿百衲衣,走过青岛的角角落落。潮起又潮落,日升又日落,装备越发齐全,鱼却总不上钩。每次通电话,我都要关心他是否钓上了鱼,答案总是一样。在距离圣地亚哥钓鱼那片海万里之遥,这是另一个老人与海的故事。

我哥家住在离入海口不远处,一条淡水河流过附近。准确地说,是一条淡水与海水交织的河。我爹住到他家之后,便换了淡水鱼竿。在河边垂钓与海边终究大不相同,鱼竿短了不说，也没有那么凛冽的风抽在脸上。这年秋天，我回青岛，跟着他和母亲来到河边。杨柳倒垂在河岸，映出温顺的影子。当地早已把岸边修葺一新，铺了塑胶跑道和干净的地砖。这次我爹有了两根钓竿，于是父子各执一根，静静地看着夕阳沉下河面，直到天空中只留了几片彩色的云。又到收摊的时刻，我们依然一无所获。

我爹兴奋地说起，最近拜了几个不错的师傅，感觉快学会钓鱼了。其中一个告诉他，"下次钓鱼时你告诉别人，平度老牛，就都知道，钓鱼的没不知道我的"；另一个是个跟我差不多大的年轻人，似乎父辈发了横财，如今除了钓鱼，他不知道人生中还能干点什么。总之，在这两位指导之下，他终于明白自己需要补足的技术细节。那个年轻人还送了他一个钓钩，十分高级。

回到北京后，有一天跟娘亲通话，说起我爹。她说，在钓鱼一年多之后，老头脸上终于挂不住了。我哥家有两个几岁的小姑娘，每天睁着大大的眼睛问归来的爷爷，今天钓没钓到鱼呀？

"你是没见过你爹那个样。快黑天了，脚踩在水边，蹲下来，用手去捕岸边的小鱼。水溅一身。抓了三条才好意思回家。"母亲以寥寥数语，勾勒出一个表现心切的祖父形象。在一项以修身养性著称的活动中，人最终会因为不上钩的鱼而心境崩坏。

人生总是这样,在你看不到希望的时候给一缕微光。就在母亲讲述这段后没几天,我爹发来一张照片。图中有三条鱼,其中两条我认识,是巴掌长的鲫鱼,另外一条怎么看怎么像观赏用的金鱼。这是他钓鱼一年多后,首次收获。

"有条金鱼不假,这一带河里有金鱼。人家钓上来都放生,但我舍不得。"我爹如实以告。

全家炸了锅一样地庆祝一代渔王破茧而出。既然开了张,想必很快大家就能频繁喝上鲫鱼汤。小朋友们甚至开始点菜,有的认为鲈鱼比较鲜美,有的好奇鲤鱼到底好不好吃。我爹受此鼓舞,继续风雨无阻地冲向河边,他的技术越发纯熟,经验也日渐老到。有一天他甚至在河边捡到一个全新的日本线箍,不无惊叹地在电话里跟我分析起了这是一个多好的装备。他动手将这套线箍改装到自己的钓竿上。作为曾经的机械维修人,老人家对好装备有天然的痴迷。

但是丰收的季节并未如约而至。反而,伴着秋日渐深,河面上落叶纷飞之际,鱼儿们对他精心准备的鱼饵失去了兴趣(良心为证,他就连回趟老家,都在清单上列了一件抓蚯蚓的任务,最终带着几十条免费蚯蚓回到青岛），只在水中漫无目的地游弋。冬天来临时，我隔一两天就打电话问他在干什么，背景音通常是呼啸的风声，他大喊着："我在钓鱼。"

整个冬天，河面都没有结冰，我爹和几个老人孤独地守着水面，直到隆冬依然不肯离去。但此时不论大鱼小鱼，都失去了吃点什么的兴趣。比起在家里百无聊赖地看视频，我爹似乎觉得在这里看注定不会上钩的鱼更有趣些。但是老人家的坚持，似乎总是徒劳。没过多久，他得了湿疹，而且越来越严重，当地医生宣布，他不能再碰鱼或者任何海鲜。在这座海滨城市，这是最主要的皮肤湿疹来源。我爹不无遗憾地放下鱼竿，专心致志养护皮肤。

今年春天，爹娘重整行囊，决心跟孩子们分开住。他们住在一处单独的房子里，在楼下未开发的一个小区地上，种了点蒜、菠菜和豌豆。这块地很大，多年不开发，谁愿意开辟田地都没人拦着，所以一起去的还有很多邻居。但不出半个月，胜负已见分晓。只有我爹妈种的这片菜，横竖整整齐齐，绿色的幼苗长成一样高，在春风里轻轻地摇。水面上的失利，在地面上找了回来。种菜这件事，我辈农人可称雄。

但是我猜，钓鱼这件事依然隐隐刺痛。在北京，我找了最好的皮肤科医生问诊，发现他的湿疹与海鲜毫无关联，青岛医生犯了经验主义错误。把这个好消息告诉我爹后，他重拾钓竿，再次出发。

也许鱼和人并无本质不同，到了春天它们也重新活跃。电话那头，我爹的语气充满了兴奋。挂了电话，他发来照片，六条灰黑相间的鲫鱼在水盆里游来游去。期盼已久的鲫鱼汤终于成为现实。接下来的每一天，几乎都能听到好消息。我爹成了全家最忙碌的人，每天一早出门，过了午后才回家。吃过饭稍作休整，继续出门。偶尔，会钓上条几斤重的大鲫鱼上来，家庭群里一片欢腾。最多的一次，整个盆子里都是竞相摇曳的鲫鱼，足足有十几条。有时甚至能钓到叫不上名字的鱼，长长的身体在水盆里摆动，炫耀着我爹的钓技。

但时光并不总是对每个虔诚的游子温柔以待，没过几天他开始跟我抱怨，"鱼在春天也有厌食的日子"。

其实鱼和人一样，有两种厌食。一种是不爱吃东西，一种是吃得太撑。青岛跟其他城市一样，疫情之后，年轻人闷在城市里无处可去，到处找草地露营。我爹常去钓鱼的地方，从某个春日起多了数不清的帐篷。进城之后，他见过足够多让自己看不懂的事了，何况人多了还热闹。若非连续很多天一条鱼都没钓上来，他还没仔细观察过河边这群人。最终他发现，露营队伍跟城市里其他人一样，总会为自己准备过量的食物。到下午太阳落山前，他们收拾好帐篷、坐垫和孩子，发现有些拆了封的食物不想带走，干脆扔进河中。鱼对鱼饵似乎没有人们想象的那么忠诚，吃饱了野餐便再也不愿上钩。我爹和露营时代的第一次偶遇，败得十分不上台面。那些精心学习的钓技，千辛万苦准备的鱼饵，从老家院子背井离乡而来的蚯蚓，居然不敌年轻人随手浪费的食物。

四月初的一个下午，三点多了，我姐在河边见到我爹。又是颗粒无收的日子，他连午饭都没吃，静静等待着鱼吃午饭。青岛的春日阳光明媚，在绿树掩映下，他收起钓竿，收拾好黄色的探险包。视频那头，他身姿矫健，看不出饥肠辘辘，一头白发在春色中亮得反光。他背包跨上公路自行车，用力蹬着车轮，车筐里载着空空如也的水桶。我在视频这头攥紧拳头，轻轻喊了一句"加油"。

天鹅湖

去年五月的一天,我第一次见到满下巴胡子的老潘。北京亦庄南海子公园里,他支着小电动车站在阳光下,张嘴冲我一笑,伸出厚厚的大手。

"就叫我潘老师吧!"他腼腆地说,"咱俩不论辈分……"

我握住他的手,跟着应了句"潘老师"。头天夜里,大舅告诉我,眼前这个魁梧的中年人,按辈分我应该叫他"老姥爷",比我已然仙逝的姥爷还要高一辈。姥爷整个村的人都姓潘,族谱、辈分纵横分明,状若棋盘。作为山东人,对这一点我已十分熟悉。从小学起便有同班同学是我叔辈,十五岁那年的夏日夜晚,一个同村小姑娘甚至清脆地喊我一声"小爷爷"。辈分是北方人共同的框架。我们的祖先听见发令枪声便起跑，在一代代繁衍中，这场漫长的马拉松让不同的家族拉开了距离。最终结果是一场公平交易，开枝散叶早而快的家庭，享受了人丁兴旺的快乐，生育缓慢的家庭，享受了尊贵的辈分。我姥爷家在这一带最大的村子里，多年来生生不息地传宗接代，继承给我一整村的舅、姥爷、老姥爷和不知该如何称谓的长辈。

如今，在故乡千里之外，这位比我年长十几岁的老姥爷站在眼前。他的一切都让我熟悉，咬字不清的"dong"和"deng"，念不出"s"开头的音，浓重的大舌头。显然，他比我离开故乡还晚，口音更重。在此之前，我早知道他是一位摄影师，而且颇具想法。疫情开始之后，他找到一片早春的爬山虎，每个星期在上面挂一副口罩，伴随着爬山虎由黄变绿，口罩位置越来越高，但在夏日来临之际，爬山虎日渐成为深绿色，口罩位置越来越低。最终数十张照片叠加出的图片上，爬山虎从左到右由黄变绿，上面是一条口罩组成的抛物线，在二〇二〇年中国疫情得到控制之际，这成为一份不可多得的比喻。长久的耐心得到了回报，照片得奖，广为流传。

我来的这天，正赶上他主办的天鹅摄影展。南海子公园里两行树荫下，摆满了展板。他从第一幅开始讲起，逐行念出展板上的字。我无心听讲，目光停在照片上。每一幅照片都以天鹅为主题，一只天鹅张开双翅，一对天鹅脖颈比出爱心，一家天鹅嬉水玩闹，一群天鹅在空中滑翔……日光里、月光下、黄沙中、雾霾天，这个优雅的生灵摆出让人窒息的美。不是亲眼所见，难以想象北京还会有一群天鹅低空盘旋。老潘拍下无数照片，又从影友那里征集佳作，精心做了这场展览。眼下是五月底，公园里并没有天鹅，他索性带我们去看麋鹿。

南海子公园在亦庄，明清两代都是皇家园林，满清入关后，始终担忧旗人子弟失去游牧民族血性，设了几个围猎场所，被选中的南海子便更名南苑。麋鹿就是《封神榜》中的"四不像"，从元代开始成为皇家猎苑饲养的猎物，清代被大量圈养在南苑，等待皇室箭弩临幸。十九世纪下半叶，法国传教士比利·大卫神父（历史充满不知是否有意为之的巧合，他是第一个发现大熊猫的西方人）发现了这个新奇的物种，将其带回欧洲。在日常用语中，英语世界甚至以此公命名麋鹿（Père David's deer）。一八九四年，永定河一场洪水冲垮了南苑围墙，麋鹿四散而去，被食不果腹的灾民吃掉大半。六年后，八国联军侵华时，中国大陆残存的最后一批麋鹿被赶尽杀绝，自此这个本土物种消亡于故土。

也许比利·大卫为同名之鹿最大的贡献，便是吸引来一批西方人将麋鹿带去欧洲，不经意间保留了火种。要到整整八十五年后，一九八五年，英国一位公爵后裔向北京捐献了二十二头麋鹿，它们才在故土重生。作为最后的栖息地，南海子设了麋鹿苑。人们从历史中学到的一课就是，历史的教训不能重复上演，鸡蛋不能放在同一个篮子里。南海子麋鹿成功繁殖后，迅速被送到江苏、湖北等地，在东海之滨、长江流域繁衍生息，那也是祖先曾生活的地方。麋鹿保护取得了难以置信的成功。到二〇二一年九月，中国境内已经有上万头麋鹿。

老潘讲述这些故事时，我们正走进一个挂满鹿角的房间。每年十一、十二月，雄性麋鹿鹿角脱落。脱落亦是一次新生，不到一周，全新的、毛茸茸的鹿角便能长出几厘米。他找到一头做了特殊标记的雄鹿，从十一月到来年四月，几乎每周在同一角度拍张照片，记录它从鹿角脱落到再现雄风。老潘管这个叫"时空交错摄影法"。他的摄影理念不管是什么，其中必定含有无穷无尽的耐心。

我们从房间走向麋鹿苑，途中十几只孔雀拦路开屏，苍鹭晃悠悠飞过天空。时不时地，就能看到有人试图接近孔雀或是其他动物。老潘不断大吼着让游人远离，他粗犷的外表和高亢的嗓门总是奏效。

麋鹿被围在一片面积广大的草地上，场内稀稀疏疏种了几棵树，一条大河穿梭其中。时值午后，一群大鸟落在麋鹿苑中，与鹿群拉开些距离，啄食地上的残渣。我从未见过这么大规模的麋鹿群，它们分成族群，在鹿王周围聚成一簇。从身材和脸蛋看，与牛犊差不多，但头顶的巨大鹿角，却有不容侵犯的威严。到了六月，雄性麋鹿会用新长出来的角不厌其烦地大战，最终胜利者将与一群雌鹿组建大家族，失败者离群索居。在丛林里，赢者通吃。

麋鹿苑之外，一代代保护者看向麋鹿时的心情，却绝非弱肉强食，而是患得患失。麋鹿经历过饥不择食的目光、残杀的目光和猎奇的目光，终于迎来人类友善的目光。将麋鹿重新引回中国的努力从未停止过，上世纪五十年代北京动物园就曾一试，但如此威武的族群根本适应不了促狭的圈舍。针对其他动物的重新引进，野马、高鼻羚羊等，也大多以失败告终。毁灭一个种群容易，重新恢复极为艰难。在复杂的物竞天择中，人类自我分裂，其中一部分肆无忌惮地毁灭其他物种，另一部分小心翼翼捡起地上的碎片，试图还原出哪怕一个完整的瓷瓶。麋鹿便是那个奇迹般的瓷瓶。它在南海子重生至今近四十年时间，是几代生态保护者共同造就的壮举。

老潘在二〇〇〇年来到亦庄，此前他在我家乡的县文化馆工作，又来北京进修，最终落脚在这个崭新的国家级经济技术开发区。他记忆中，"整个亦庄当时就一栋楼"。他拿起相机，从第一栋楼开始拍摄，用二十多年记录了一座新城几乎从零开始的全过程（这个男人最不缺的就是耐心）。到二〇二一年，亦庄GDP达到近两千五百亿，成为一座繁华的新城。老潘把家安在南海子公园附近，俯瞰麋鹿苑。

二〇〇四年，老潘遇上郭耕，他曾是北京濒危动物中心第一位饲养员，如今来这里保护麋鹿。从郭耕这里，老潘学到了系统的生态保护知识，"慢慢地上了这个道"。随后不久，他又与另一位专业人士钟震宇相识。在几代专业人士努力下，麋鹿苑没有建成麋鹿动物园，而是成为大型湿地生态。其中光鹿就有麋鹿、马鹿、梅花鹿、黇鹿、河麂等，鸟类不可计数。曾经的驾校练车场、砖厂、水泥厂、垃圾存放场、废品收购站荡然无存。即便亦庄平地起了无数高楼，成为北京最贵的新城，也未染指这片净土。

他带我们走出麋鹿苑，沿着长河散步。穿过一片树林，眼前数万只飞鸟穿梭在水面、树枝和天空中。只有野鸭安分地在水面划动。他挨个指出名号，苍鹭、夜鹭、池鹭、白鹭、鸳鸯、鸿雁、黑天鹅……对每种鸟类的习性如数家珍。春夏秋冬四季，鸟类以不同的样貌示人。我来北京十年有余，还未见识过这样一片湿地。失而复得的麋鹿，以自身对生态的苛刻要求，在北京城里无心插柳柳成荫。

老潘对天鹅的爱，来自一位颇为不凡的母亲。他不厌其烦地一遍遍讲述自己如何爱上天鹅——

我八九岁的时候啊，家里养着一大群鹅，它们每天生的蛋，是我们家的经济补贴与营养补贴。所以我娘特别地上心，要求我和我二姐每天早上轮流把它们赶到家前面的河里面。通往河面的是一条斜坡的小道，两边是五六米高的岸堤，有一天我想睡个懒觉，被我娘揪了起来去赶鹅，心情极其郁闷，为啥不让我二姐早起去赶，而让我早起去赶呢？然后揉着眼睛半穿着衣服，趿拉着鞋我就把鹅赶出了院子，心里很是生气，咒骂着这群该死的东西，都怪你们，害得我都睡不了懒觉，真想用手中的竹竿打死它们，可我又不敢真的去打，万一打死了，我的日子也好过不了。走过下河的斜坡快到水面，看到左右两边五六米高的岸堤时，我一下犯起坏来，我何不把它们从岸堤上赶下去，反正它们会飞，摔死了也不赖我，我可以说是它们自己不小心摔下去的,这样也正好发泄发泄我心中的怒气。说干就干,我赶紧跑到鹅的前面把鹅往回赶,它们蒙圈了,什么情况?咋刚出来又要往回赶呢?它们左躲右闪不想回走,但经不住我的大长竹竿纠正路线,好不容易到了岸堤上,它们一个个伸着脖子往岸堤下面看了看,又开始左躲右闪地想逃离,没有一个敢往下飞的。我用竹竿左右地驱赶着它们不准逃跑,突然在后面大喝一声,同时用力一挥竹竿,后面的吓得拼命地往前挤,前面的被后面的一下子就给挤得不下去都不行了。身强力壮的使劲向前扑腾着翅膀飞了出去,大概飞出去二三十米,那姿态优美至极,把我一下子就给看傻了;老弱病残的可惨了,翻滚着身子跌跌撞撞地扑扇着翅膀掉到了下面,还好没看到受什么伤,还能马上向前跑去跟大部队聚拢在一起。我还沉浸在刚才大鹅展翅飞舞的场景里,郁闷的心情早已经抛到了九霄云外。我没有看够,我想下到河里把它们赶回来再飞一遍,可这次不听指挥了,河床宽广,我一下去它们就分散乱跑,根本聚拢不到一起了,半天也没赶回来,只好作罢,我盼望着明天再赶一次。第二天一早,不用俺娘催我起床,我一早就穿好了衣服,主动要求去赶鹅,不要二姐去赶,让她多睡会，我娘还夸我懂事了。我把鹅赶出门口，快要到斜坡时鹅突然疯了一样地顺着斜坡向下跑，我想跑到前面阻挡都追不上了，一眨眼就跑到河里去了，气得我在后面直跺脚，看我明天怎么收拾你们。第三天我还是主动早起床去赶鹅，这次我走在鹅的前面，不让它们提前跑了，哪一个想提前跑我的竹竿就给它打回去，就这样我又把它们赶到岸堤上……

好景不长，我娘发现最近鹅生的蛋好多都是软皮蛋，跟我爹说可能缺钙了，找些石灰和蛋皮压碎了放鹅舍圈里。我积极赶鹅的态度也引起了我娘的注意，有一天早上，她远远地看着我，发现了我的行为，她没有打我也没有骂我，而是问我为什么这么干。我说我就是想看它们展翅飞翔的那一瞬间，特别的美。我娘说咱们养的是家鹅，是生蛋的，体形特别肥大，很难飞起来，你这样做会让它们受伤，你的学费还需要用它们的蛋来换，你觉得特别美的瞬间是建立在它们的痛苦之上，即使再美也是丑陋的。我一下子有些无地自容，跟我娘说我错了，我再也不这样做了。我娘说听人家说新疆有个天鹅湖，你好好学习，长大了有本事了去天鹅湖看天鹅的飞翔，苏联有部《天鹅湖》电影，苏联应该也有个天鹅湖，但是在国外，没有本事可去不了。从此去天鹅湖看天鹅飞翔成了我小时候的一个愿望、一个梦想。

二〇一六年,梦想从天而降。一只从内蒙古乌梁素海飞来的疣鼻天鹅落在了没有完工的南海子公园二期,戴着"F67"颈标和太阳能充电定位器。显然,这是一只被用来研究的天鹅。此时它体力不足,迫降在湖面上,又被渔网缠住。老潘试图撕开渔网,绝望的天鹅用嘴攻击他,不让近身。老潘只好用棍子挑开网,天鹅重获自由,却发现根本飞不起来。

彼时已年届不惑的老潘拍过很多次天鹅,熟悉此物秉性。他拿来一袋袋花生和玉米,放在天鹅附近。郭耕建议不要投喂,因为保护野生动物需要遵循自然规律,不能觅食后它会自行飞走,但投喂却可能让它不惧怕人类(从历史看,一靠近野生动物,人类劣迹斑斑)。老潘于心不忍,在犹豫中选择继续喂食。就这样整整三十九天后,北京湖面结冰之际,"F67"强行起飞。三天后,念鸟心切的老潘,终于在多方打探后等来了影友的消息,"F67"安全抵达山东威海荣成市烟墩角的海湾。

烟墩角堪称老潘梦中的天鹅湖。一九九五年,这里飞来八只天鹅。当地几位农民选择用玉米粒投食(我们山东人面对禽鸟,似乎除了喂花生就是喂玉米,浑然不顾鸟类是否还有其他食欲)。一年年过去,农民们投食也看护天鹅,最终烟墩角居然成为国家级自然保护区,每年迎来一万多只天鹅过冬。天鹅们似乎有记忆,年复一年翩跹而至。

起码"F67"的确有记忆。二〇一七年,"F67"带来了自己的另一半。二〇一八年,"F67"带来了自己一家人。二〇一九年,"F67"与其他三十三只天鹅落在南海子公园的湖面上,停留了三天时间。二〇二〇年、二〇二一年、二〇二二年,每一年老潘都拍到了"F67"的身影。老潘甚至能分出它的队伍,比如,二〇二二年它带来了十二只疣鼻天鹅和五只大天鹅。这只被用作研究的天鹅,向着一个痴情的人年复一年地飞。短短七年过去,在南海子过冬或是过春天的天鹅,年年都有两百多只,今年甚至到了四百多只。

显然,在另一个山东农民的努力下,北京有了自己的"烟墩角"。

三月中旬的一个雨天,我来到南海子公园。停好车后,沿着公园步道四处走了走。山桃正在打开花苞,柳条也已暗中变绿。人们带着风筝、零食和孩子进来,享受北京短暂的春光。

湖边只有一顶蓝帐篷，老潘穿着厚实的绿色羽绒服，挺立在帐篷前的三脚架边上。这是一个高台，三层台阶下面是湖边护栏。一百多支长长的镜头对准湖面，他站在最高处，像一头刚打赢的鹿王。早已晒红的脸颊正在脱皮。他大声对我说，已经在这蹲守了整整两周，每天从早上五点到晚上七点寸步不离，早晚各撒下二十斤玉米。

湖中央有摄人心魄的美。远远望去，在一百多只大雁和数之不清的水鸭中，天鹅傲然独立。即便见过很多次天鹅，我依然会为它修长、洁白的身姿震惊不已。除了钻进水中觅食的时候，天鹅每个动作都优雅至极。它扇扇翅膀，无数快门成片响起。雌雄天鹅双吻一碰，便用身体比出了爱心。每个人都在静静等待着天鹅组成小规模队伍，从湖面起飞盘旋。但是这个下午，天鹅耐住性子，始终不想起飞。倒是大雁忍不住三五成群飞了几圈。在四周挺立的楼房映衬下，城市水泥森林中有了难得的一抹灵动。

"这些大雁我成年养着，三百多只了，就是要给天鹅安全感，它们看到湖里有大雁，就知道这里能落。"老潘颇为得意。

说话间，冲突便爆发了。对岸有一对夫妻走到岸边，试图看清天鹅模样。我站在高台下，猝不及防地听到一声惊叫:"对岸的两口子,赶紧离开!赶紧离开!不要惊了天鹅!赶紧离开!对岸的两口子!……"

天鹅胆量的确很小。湖边风波过去后,它们忽然集中游向了湖心。我望向老潘,他望向天空,一只风筝正缓缓升高。

又是一声惊雷:"保安,保安,那边有人放风筝,马上去处理一下!保安,保安……"

很快,风筝降下。几个摄影爱好者来打招呼,显然都知道他就是"潘老师"。他们都是头发花白的老人,退休后以摄影为乐。每天,老潘都在微信群、朋友圈里发布天鹅讯息,吸引人们前来。他想让更多人参与进来,让天鹅保护这艘船上站满同行者。老人们退休前的身份让我有些惊讶,有人曾在亦庄开发前负责环境勘测,有人是很早的鸟类保护者,还有市政协委员,不一而足。每个人都想出点主意,甚至有人当场承诺向市政府写个提案。老潘不厌其烦,一遍遍地向人们讲述自己在做什么。

"前天我吸引来了五百多个单反大爷。那阵势,这整片都架满了!"

"最怕小孩放风筝。天鹅一看到风筝,以为是老鹰来了,能不怕吗?"

他正跟我闲聊,天空中一只黑色大鸟俯冲而至,双翼下各有块白斑。老鹰真的来了。老潘认出这是一只黑鸢,与天鹅一样,是国家二类重点保护野生动物。它于万军丛中抓了一条鱼后扬长而去,吓得天鹅飞向湖中心,与大雁伸长了脖子聚成一团。动物世界,全无公平。

一个老人兴奋地冲过来。"潘老师,我拍到天鹅飞翔了,真好看!"

老潘没好气地回了句:"你拍到的都是屁股吧?被吓飞的鸟只能离你而去。"

老人低头一看相机,讪讪打了几句圆场。

小插曲层出不穷。整个下午,老潘都在扯着嗓子劝告游人离开岸边,显然,任何警告标志或者警戒线,都挡不住人肆无忌惮的好奇心。几位单反大爷对我感慨,这里是北京难得的拍摄胜地。

"头两天颐和园出现了几只天鹅,您猜怎么着?人公园开着快艇全赶跑了。就怕天鹅把人给吸引去。"

单反大爷和围观的女士们,很快加入老潘的声讨队伍。看到天空升起风筝或是湖边有了人影,便有人自告奋勇冲上前去。最终,鹿王和他志同道合的种群,形成了绝对优势,即便不讲理的游客也不再辩驳。

到晚上六点,天鹅们在靠近老潘拍摄点的岸边集合。十分钟后,在深蓝色的天空中,四十七只天鹅排着整齐的队伍,迎着半个月亮冲向天际。

第二天,我又来到湖边。老潘无暇打招呼,身边已经围了十几个孩子和家长。有位家长与老潘相识,专门组织了一个小队伍来请他上课。

"你家是哪儿的?"老潘问一位女士。

"重庆的。"

"那你如果从北京开车回重庆,中间要加油吗?去服务区吃饭吗?如果发现一个服务区免费加油、免费吃饭,而且干净、卫生,下次回家你还去吗?"

孩子们哄堂大笑。

老潘把南海子比作天鹅从山东半岛飞回西伯利亚的服务区,源自多年前郭耕向他提出的问题——到底该不该投喂天鹅。这个问题当然永远有争议,老潘纠结良久,选择把电话打回山东,请教有三十五年天鹅保护经验的烟墩角人曲荣锦,他是当地最早的保护者之一,如今在当地开了家颇有名气的农家乐,招待全国各地的天鹅爱好者。

我向曲总做了南海子这边的天鹅情况以及我的所作所为的详细汇报,曲总激动得热泪盈眶,说:非常感谢你,你能在天鹅回家路上筋疲力尽的时候去投喂它们,去保护它们,太难能可贵了,你可能将来是北京的大功臣。我说会不会因为我的投喂影响到了天鹅的迁徙?曲总说:不会!我们这儿当年最初八只,我们保护它们慢慢地变多,现在达到一万两千多只,并没有因为我们的投喂它们就不迁徙了,只要到了第二年三月,它们必定要走,现在我们这儿走得还剩下不到两百只了,应该这几天也会走。其实天鹅的食量很大,我们投喂的不及它的食量的十分之一,但这种方式加强了天鹅与人之间的感情,它会永远记得这个地方的。

就这样,老潘坚定了信心,在南海子迎接从海边飞来或是飞去海边的天鹅。

天鹅课堂持续了一个多小时。这群七八岁的孩子,眼中闪烁着光芒,一个又一个问题飞向老潘。他几乎无所不知。

"小天鹅脖子是灰色的,它爸爸妈妈是纯白的,爷爷奶奶脖子是黄的";

"天鹅起飞、降落跟飞机一样,都需要一条跑道,所以它得在很大的水面上才会降落";

"天鹅需要迎风起飞,迎风降落""天鹅不会被冻死,

它迁徙主要是为了找吃的";

"癞蛤蟆能不能吃天鹅肉我不知道,但你吃了肯定要进监狱";

"天鹅向北飞到西伯利亚是因为它们在那里出生,也几乎只能在那里产卵孵化,比如疣鼻天鹅从没有在中国境内成功孵化的记录"……

人群中,一位家长高声问道:"西伯利亚在哪个国家?"

讲完天鹅,老潘开始讲凤头䴙䴘、鸿雁,以及眼前出现的其他一切鸟类。他把三脚架调低,将四百毫米焦距的单反镜头当作望远镜,让孩子们排着队看湖中心的天鹅和其他鸟类。整个下午他都没办法按快门,围观的大人们也加入了队列。最终这变成一次积极昂扬的生态保护科普,老潘问:"我们以后遇见针对天鹅等鸟类的不文明行为,应不应该制止?"孩子们响亮地齐应:"应该!"

我身后,一位旁听良久的年轻女士轻声感慨:"突然感觉脑袋越小的动物越没有烦恼。"我看了看孩子们,又看向远方脑袋更小的天鹅。

在我们家乡,冬春两季有一望无际的麦田。记不清有多少次,我随母亲来到麦田时,惊起几百只大雁。它们鸣叫着飞向村西的岭,然后消失在天际。有时我甚至捡起土块扔进雁群，奋力冲向前方，逼迫它们更卖力地挥动翅膀。老潘有类似的记忆，这位老姥爷不过比我年长十岁有余。我最早见到天鹅，是在村头一个小小的湖中。它似乎受了伤，静默在如镜面般的湖中心。所有孩童把湖围成一圈，看着这个美丽的生灵垂下脖颈。天黑之前，一个大人拿来将近一米高的花篓，在对岸另外一个大人的竹竿帮助下，扣住了这只天鹅。后来的故事便无从知晓了，但那年月穷，打一只野兔子都可以让全家改善生活。甚至这个片段，如果不是见到家乡人保护天鹅，可能也会在记忆中渐次消失。

记忆中存有更多的片段。经我之手，无数麻雀、仓鼠、蛇和青蛙遭了殃。想必老潘概莫能外。我们小时候，没有人提醒动物是人类的朋友，也没有人在身边用惊雷般的嗓子守护天鹅、孔雀和大雁。有的只是日复一日耕作中，将自然世界中的一切拽入丛林法则。不过一代人之内，这个家乡人居然从随意伤害一切野生动物的乡村小子，变成了野生动物的铁杆侍卫。照我看，他镜头之下的沧海桑田，还没有心底里的巨变激烈。

即便在北京，老潘要面对的也不只是好奇的人群。有人下鸟夹子，有人试图用弹弓打天鹅，甚至一群野狗都打起了天鹅的主意。这群白色天使在不同的眼中各有千秋。老潘像一个行走的暴怒机器，年复一年，七年如一日，在天鹅来临的日子围着这片湖转圈，向每一个妄图不轨者发出雷霆一击。对这位摄影师来说，拍照不再重要，他每天吸引数百名摄影师前来，自己专心保护。

"我的梦想，"在天鹅日记里，老潘豪气地写道，"就是打造北京南海子天鹅湖，打造一个北京的天鹅湖。在北京最大的湿地公园，一边是呦呦鹿鸣，一边是曲颈天歌。"

我脑海中始终盘旋的却是另外一个画面，也在他的天鹅日记里。二〇二一年三月二十三日早上六点，他来到天鹅湖畔，看到往日两百多只天鹅停留的湖面上，在陆续告别几批后，只剩下了南海子公园圈养多年的一只天鹅。一人一鸟相视无言。头天夜里，最后一批野生天鹅迎着风飞向了北方的家。他硕大的身躯跨上小电动车离开湖边，泪水不受控制地流了一脸。

同仁一日

我攥着一张住院单坐在蓝色的塑料椅子上,紧紧盯着三米外的护士站,只等有人坐在象征这个楼层至高权力的那把椅子上,便弹射而出。我是一名十分迫切的病人,期盼着白衣天使早点审判。彼时已是早上八点,再不盖章,便赶不上去办完住院手续后,进行第一次住院检查。

天使在十五分钟后降临权座,有些惊讶地看着我完成了一次漂亮的三米冲刺。考虑到周围来往的病人大多有眼疾,有些人甚至双眼蒙了纱布,只能坐在轮椅上,我堪称该时间段病人短跑冠军。问明来意,她不以为然,劝我不如原地坐到九点,做完第一次检查再去办住院。解决方案简单得让人目瞪口呆。我与这个社会互相不能理解,但它总是对的,没有一项规则不可以人为更改,显然护士早就过了这一关。想来也是，千千万万人排队来此住院，不会有一个傻到只做完七分之一的检查便因为省钱而仓皇离开。这可是中国最好的眼科医院。

要做的检查十分简单，在二十四小时内每隔四小时测一次眼压。最终它们要一起断定，我是否罹患青光眼。这是一个相当残酷而忐忑的过程，尤其是考虑到它长达二十四小时，是慢刀慢磨，而非一击即中。王主任，一位语气极端温和的权威医生，在开单子时特意解释，这家眼科顶尖医院特意开设此项检查，只为取得更为客观的结果。我对医院需要诸多仪器和检查相助已经十分习惯，人们并不相信自己。

眼压检查需要大约十秒时间，仪器后的女士示意我坐在仪器前，脸贴在托架上，她操纵仪器来到左眼前，"嘭"一声响，一股气流喷在眼睛上，我下意识闭上眼睑；仪器来到右边，"嘭"一声响，气流喷出，我闭眼。检查结束，我起身离开，手里捏着一张检查单，眼压正常。未来二十四小时，还有六次检查等待。

我拿着单子下楼办住院，电梯开门的瞬间眼前一黑。整层楼全是人头，像蝌蚪浮游在清水沟一样，毫无规律地蠕动着。一位护士站在仪器旁，大声指导着病人在一块一米高的大屏幕上填写个人信息。考虑到这家医院相当一部分病人患有眼疾，这个屏幕大小很是考究，上面的字特意放大不少。我一意孤行，决心不靠她指导独立完成，以示眼无大碍。果不其然便填错了，在她嗔怪之下，与其他眼科病人朋友一起按步骤完成操作。但排队她帮不上什么忙，眼前是一望无际的蝌蚪群。我捏着社保卡、手机、住院单和"B83"号排队单，摇头晃脑地四处打量。距离下一次检查还有三小时四十分钟，有的是时间浪费。

医院的结构相当特殊，让我想起曾在杭州钱塘江畔住过的一家洲际酒店。巨大的环形建筑，所有的房间都在环上依次排开。住在这样的地方让人感觉自己是万物生灵中平平无奇的一个，每个房间都像个火柴盒。如果一定要寻找优点，可能众生在此都会感到平等。如今我站在如宾馆一样的病房门前，想到进楼门后看到的旋转楼梯和大堂，忽然想起这栋建筑曾是一家三星级涉外酒店。不知同仁哪任领导如此有眼光，居然买下市中心的酒店做医院。毫无意外，房间是个标间，不能期待更多了，哪怕有大床房也不会像它曾经拥有的床那么大。

室友还没来，此刻我独享安静。这是个向西的房间，不出意料会有很漂亮的夕阳打进来，此刻显得清冷无欲。我把病床摇上去，两边架子立起来，放上吃饭的小桌板。从设计水平看，病床可能是人类终极的栖息地。只要确保背包在床头柜上,这一天都不用再下床。我把电脑放在上面,开始凝心写作。一个作家,在任何时候都不能放弃写作,此刻便是他灿烂职业生涯中一个璀璨的片段。

一位上了年纪的工作人员进来,带着冷漠的口吻问:"订餐吗?"

"还有别的吃饭方法吗?"

"没有。"

一小时后午饭如期而至,三块牛肉、十几块萝卜和数之不尽的米粒。跟航空餐口感相似,区别是航空餐还亲切地询问想不想把米饭换成更难吃的面条。

可惜好景不长,门像被眼压检测仪推开了一般,发出"嘭"的一声。一个浑身黑衣服的胖子大步走来,手里拎着两个大包。新室友无疑。他十分热情,忙着问我是什么病,只好如实以告。听罢他放声一笑:"看来这个病房就收咱们这样的人。"然后他问我:"这里怎么吃饭?"听完介绍,待到送餐员前来询问时,他晚饭和早饭分别订了两份,随后在我的注视下,他脱掉了两层裤子,里面依然是一条黑色的裤子;脱掉了一层上衣,里面依然是一件黑色的毛衣。我怀疑他可以一直像这样,剥开一个黑色的洋葱。

不用说几句话,作家便心知肚明,安静的时刻一去不复返。

"你是干什么工作的,哥们?"他问。

我还没来得及回答。

"我在一个企业挂个闲职,自己开了一个饭馆、一个停车场,还有个保安公司。""我在通州。""也不知道你怎么样,但是我们这些地盘,那逢年过节得挨个打点,还好领导们现在都是我哥们。""你头一回住院吧?我前两年割了胆囊,肠镜切了息肉。这眼睛也不知道咋回事。"

我"嗯嗯啊啊"地应着,一句都插不进去。这位大哥像是许久没说话了一般,冲我说了十来分钟,或许更久。然后他大度地一笑,问:"你做什么工作来着?"

终于有了说话机会,我像参加面试一样,小心翼翼地介绍自己,生怕大哥不感兴趣,再次夺走说话权。在我们说话间隙,他从不同的兜里掏出三部手机,扔在病床上。

这时候有人敲门,不待我等回答(现代人好像只需要提出问题,对答案不感兴趣)便有一队白衣天使鱼贯而入。领头的一位女士看上去颇有威严,背后跟着七八位稍显稚嫩的医生。

"两位是来查青光眼的吗?"

大哥代我二人答是。

"请跟我们来一下。"

我们一起来到摆满仪器的房间，跟另外三位病人并排坐在椅子上。领头的女士扫了我们一眼，回头说："一人领一个，就想象你现在真的在出门诊，问清楚病人的状况。"

显然，背后是一群医学院的学生，此刻我们是教学道具。

一个漂亮的女实习医生来到面前，怯生生地邀我起身。我毫无怨言，希望将此刻拉长，任由一个医学院学生摆布，比听大哥一刻不停地说话轻松些。她实在太紧张了，始终盯着手中的笔记本，我把多年来身体传递的信息坦然相告。最终她拉着我来到不同的仪器前，并不熟练地摆弄着，希望透视我的双眼。黄色的灯光在我眼前扫来扫去，像深入灵魂的探照灯。我决定打破尴尬。

"看出什么毛病来了吗？"我问。

"您眼睛都挺好的。"

"可是你没发现我先天性白内障吗？"

她闻言一阵紧张，重新调整仪器高度与参数，邀请我再次把整颗头置于仪器淫威之下。想来没有检查结果，于是她拿起一支手电筒，打出另一束光。

"您左眼看我左耳朵。"

"耳尖还是耳环？"

仪器微微地震了下,她止住笑意,回了句:"耳尖。"随后在指令之下,我右眼又看了她右耳尖。

最终检查结果虽然一无所获,但我很高兴,为人类即将出现一位新的眼科医生做了些微贡献。

我恋恋不舍地回到病房,开始面对新一轮语言风暴。唯一的休息时间是大哥三部手机轮番响铃那会。通过几个电话我明白了他全新的业务:在抖音直播中卖NBA球星卡。他接电话,也打出一个又一个电话,邀请朋友们来到自己的直播间增加人气,让员工去对手的直播间搞破坏。听到他劝朋友加入这块业务时,我一度动容。

"咱们国家有十四亿人口,这么大个国家,总得有人做点实事。兄弟,NBA球星卡这个业务刚起来,咱们赶紧结盟,能做大!"大哥这番话,至少在三四通电话中反复出现。

很快,他便进入了工作模式,至此我才明白三部手机的用途。其中两部,开着不同的抖音直播间,另外一部用来指挥千军万马。在自己的直播间他慷慨激昂,半小时直播下来一刻不曾停歇。在对手的直播间,他用电话指挥着手下行动,一旦有收获立刻指挥提现。为此,我十分被动地听到了他的支付宝账号和密码。记忆中,即便在都市报实习时,新闻机动部的记者平台数十人,都没有这样的动静。在那个下午的三四个小时里,除了一起去测了一次眼压(一天中的第三次),他始终在手机前咆哮着。此刻,病房,也就是曾经的三星级酒店房间,成了一场网络商战的指挥部,总指挥长大人青筋暴起,浑然不顾自己摘过胆囊以及此刻是一位疑似青光眼病人,坚决不下火线,置自身安危于不顾,打下一场又一场战役。下午的阳光果然很美,在房间里打出一片柔和的淡黄色。窗户的影子,从大哥病床前投射到墙壁上,想必过去住在酒店里的客人也曾欣赏过这般温暖的下午。我站在窗前看着崇文门大街上车来车往,天桥上人来人往,每个人都在这红尘世间奔忙,各有归处,浑然不觉此刻在离地面三十米处,几十场战役轮番打响。我比每个人都幸运,躬逢盛宴。战到酣处,总指挥长开始爆粗口骂手下——

"你是头猪吗?"

"你知不知道现在是网络社会,新兴的玩法你是一点都看不懂吗?"

"你丫就是一大农村人,村!"

"滚回农村!"

……

现场报道组,也就是我本人,闻言十分羞愧。一个下午过去了,其实我也没听懂他的业务,而且好巧不巧,不才也是农村人。但大哥不知为何,总让人感觉不容易生气。他好像骂了你,又好像跟你是一伙人。可能在任何一场战役里,不管在中东还是病房,指挥长都自带光环。

晚饭来临前,我百无聊赖,写作已然无法进行,商战也插不上嘴。病房里贴了张纸,写着官方唯一指定小卖部电话。我打通后,在充满咆哮的背景音中,试图问明白对方都有什么零食。这时大哥快步走来,一把拿走我的电话。

"一袋'老奶奶'花生、一包洽洽香瓜子不要原味的、两瓶大可乐。"然后把电话还回来。我目瞪口呆,一时间忘了反驳他的粗鲁之举,柔声柔气地告诉电话那头,除此之外还需要一袋瓜子和一瓶无糖可乐。

大哥伸手扔来一瓶可口可乐:"喝这个,无糖的没意思。"在他注视中,我拧开瓶盖,喝下一口屈辱的糖水。

到晚上,战争告一段落。大哥吃完两份晚饭,跟我聊起混社会的经历。他以极大的耐心,讲述了几种骗钱方式。然后盯着我问:"碰到这种情况,你能说不受骗?"不能。

"你应该不喜欢去 KTV、夜总会找女孩吧?"大哥忽然问。

"不喜欢。"

"我也不喜欢，那些女孩太脏了。"我刚要回点什么，他又接了句："不过有几个在小区里营业的女孩不错，回头给你介绍一下。"

我结束了一厢情愿的求同。眼前这个黑胖大哥，像从另一个世界专程前来的使者，处处展示着不同的风土人情。我想象着他开通社交媒体，像这般表达自己，是否会被撕成碎片。不过这些不劳我动手，大哥在抖音上应该有相当多拥趸，不然不会忙或快乐成这样。世界是分割存在的。

到了夜里我沉沉入睡，背包里准备的书一本也没打开。黑暗中记得的最后一个画面，是两部手机亮着光，映着他篮球大小的脸。醒来后的第一个画面，是他篮球大小的脸近在咫尺，声若天雷滚滚："醒醒，去做检查！"

按照每四小时检查一次的标准，夜里一点、五点分别要做一次检查。此刻是半夜十二点半，大哥入睡前不希望这个夜晚有人打扰，于是带着我去叫醒了护士。似乎没有任何人想违逆他，护士起身打开仪器，"嘭、嘭、嘭、嘭"四声之后，检查结束。大哥和我互相比照，眼压都正常。

再次醒来，已是天光大亮。昨夜被提前叫醒或许破坏了护士的生物钟，六点钟时，她慌慌忙忙来敲门。我和大哥拖着惺忪睡眼，被各自喷了两次气流依然难掩困意，即便眼压正常也让人提不起精神。无论是谁，在睡意中都像温柔的绵羊，大哥也不能例外。这是认识一天以来，他最安静的时刻。要直到吃下两份早饭后，才能恢复如初。

饭罢，做完最后一次检查，我跟大哥道别。他拿出其中一部手机："加个微信，以后有事找哥。"其实我想加三部手机的微信，但始终没敢开口，只加了这个"快乐的猪"账号。我同护士们打过招呼，背起包下楼办理出院。

出院处依然像个蝌蚪窝，浮游其中，无心无我。排了十几分钟队后，人群忽然被挤开了一条道，一个全身黑衣的胖子大步走来，他向前看了一眼，不容置疑地跟我说了一声："过来！"

关于这个特别的日子，记忆中这便是最后一幕了。人群为我让了一条路，跟在一个篮球大小的脑袋背后，跟着蝌蚪窝里最大的蝌蚪。大哥大步向前，我亦步亦趋，他回头把住院材料一把夺去，交给了出院办理窗口。此刻我浑身不自在，随时准备着承受人群责骂。来北京十几年，我从来没试图插队，大城市迷人之处便在于，规则明晰而公平。不容我多想，大哥从窗口拿出了我们两人的材料，里面有零钱、医保卡和盖了章的出院证。并非做梦，自从打破规则后，我便成了自由人。

新手司机

通往海淀驾校的路让人心生不安。我看着司机一路疾行，一个多小时了还在乡间盘桓，直到隐约看见"河北路"，心里想莫不是出了北京。这个愚蠢的念头一闪而过，母校海淀驾校已在眼前。

昔我往矣，杨柳差不多就这么绿。上次来这里还是六年前，彼时我刚报了名，带着一股对未来不切实际的憧憬来到母校。来之前，因为知道驾照科目一需要经过三次理论培训，还颇为紧张地准备了一番。背包里，放了kindle、iPad、NDS、两本小说和一把零食。知我者谓我心忧，上学那么些年，一次都没认真听讲过。任何人讲课都会让我陷入迷思。理论课就这样上了一次，记忆至今的是老师讲道，他当年的同学在交通队工作，回望自己处理过的交通事故，说了一句"这些年还没从安全带上解下过一个死人……"，人生有一句之师，从此刻开始，这一生不需要有人再提醒我系安全带。

不过这是在母校的最后一课。第二天起，无论如何也不肯再坐漫长的大巴去驾校听课。就这样拖延到第三年，我意识到从理论上已经被母校除名，就扔掉了所有教材。此后岁月里，仗着网约车发达，始终没有动力学车，又隐隐觉得车轮是人的翅膀，长在别人身上终究飞不远。在反复纠结后，夏天结束之前，去驾校报了名。

这次我没再好意思回到母校，过去六年间，在路上看到母校贯穿北京的班车都羞赧得抬不起头。我选择了东方时尚，一所更大的学校。信息时代终究是来临了，报名时，在机器人帮助下就完成了身体情况检测和几乎所有报名程序。一切本来如此顺利，直到接待人员发现，在政府的系统中保留着我当年报考另一所驾校的信息。虽说母校已将我除名，但必须亲自去抹掉痕迹，听起来是个很怪的逻辑，但世上之事大抵如此，不要试图讲道理。

于是夏末的这天我搭网约车来到了母校门口，不远处是苍茫群山，犬吠鸡鸣如在眼前。司机神色有点慌，意识到回城之路将是独行，索性提出原地等我。我来到母校里的车管所，取完号条，走到办事员面前证明是本人想取消一个失效了三年的报名。宾主相视一笑，不肖弟子与大气母校冰释前嫌，回到车里，听司机继续打开话匣子。

司机是一个与我差不多大的男人，多年来做过不少营生，赔了、赚了，兜兜转转，决定开网约车。一路上我们相谈甚欢，直到他说起为何做这个职业，"我想清楚了，人生啥都做不了了总能开车的对吧"。听到这里，我别过头去，在车上开启冥想状态，自此一言不发，直到司机实在无聊得紧，打开震天响的现代民间音乐。

东方时尚驾驶学校在北京学车界一枝独秀，这一点从入校那天就能看出来。三只白孔雀经过我身边，走向不远处的羊驼。如果我没看错，校门正中间主道上，赫然停了一架直升机，不远处整齐排列着大约上千辆白色的小轿车。眼前像自动上演了一则电视广告。

我交上第二份驾校报名费。在孔雀、羊驼和英国鸽子的陪伴中，步入了理论考试的殿堂。小子不才，人生中任何一次考试都没遇过拦路虎。每一位朋友都说，驾校考试对你这种高才生来说，只需要刷一刷题就好了。高才生总是谦虚地微微颔首。

考试那天我环视四周，这个考场接收了不少郊区的农村大爷，以及一个聋哑人班，每人按照号条分配了一台机器,刷指纹,点确定,开始考试。高才生的临场考试确实冷静至极,迅速分析题干、选项,心中推演一番,排除法、综合分析法、逻辑推理有条不紊地上演,一个又一个题目从眼前飞过,很快确定了答案。考试,就像拳击手、网球运动员的肌肉记忆,只要对面飞来拳头或是球,我便记得如何打回去。如果不是考试过程中就能知道题是否答对,我五分钟就能走出考场。事实是,做到第四十题的时候,心中暗叫一声"不好"。前面错题太多,已经到了再错一道便不及格的地步。接着就又错了一道。

走出考场时,胜败已见分晓。没及格的考生,回到考场入口,重新取个号条。及格的考生,从另一个门离开考场,呼吸夏末秋初甘甜的空气。只有我一个人走向入口。

此事成了朋友们中间的笑柄。每个人都反复问我,是否刷过题,有没有专门再做一遍错题。答案为是或否,都能惹来一阵教训,"怎么能不刷题呢""你肯定没有把错题再巩固一遍"。后来索性不再回答,把上学那些年没受过的教训补了个饱。带着这样苦涩的心情,当面听取百八十次朋友的大笑,也算维持了人类欢与悲的平衡。

科目二考试比想象中难了不少,当然我亦严阵以待。前三节课,居然要在教室里戴上巨大的VR眼镜模拟开车。如果你是从二一〇〇年左右穿越来的读者,请注意此刻是二〇二一年的秋天，人类VR技术方兴未艾，但已经被东方时尚看中，成为一柄省钱利器。考生坐在斗大的地方就能完成八次学习中的三次，没有比这更划算的生意。在颈椎病陪伴中，勉强完成了这三次课，最后终于坐在真车里。

　　此时学车我已不再年轻，好处是比年轻人多些积蓄，于是坐在了一对一的教练车里。教练几乎每日一换，每天都有不同的聊天对象。车上虽然有摄像头和录音，但我劝教练放开说，因为依我之见，学校不会无聊到找一千个人监听一千辆车里在说什么。好消息是在车里那几天总体还是比较开心，坏消息是每位教练都认为自己教的最管用，但他们往往互相矛盾。作为一门考试的驾驶和作为一门技能的驾驶，最大区别就在于前者有无数参照物。最终，我们为每一项考试找到了自相矛盾的参照物，晃晃悠悠地开向考场。

　　考官是一名电脑女士。开考之前，一名北京口音浓重的真人男士，讲了一整个下午如何讨好那位女士。他的技巧总结来说就是一次人机交互，只是与当代人熟悉的不同，这次要由人去讨好机器。我对如此前卫而大胆的理念感到担忧，尽管科幻作家和科学家警告过很多次，但万万没想到人类是在驾照考场上率先失守。

伴随着电脑女士清脆悦耳的提醒,我满手是汗,捏着方向盘启动了车。侧方位停车、直角转弯、曲线行驶、倒车入库,虽说不是一气呵成,但总归一次考过。下车的时候我像一名刚打赢了五盘大战的网球手那般紧紧握拳,庆祝驾照考试中,从报名环节开始,第一次有不用重来的项目。

科目三简直赢得顺理成章。练车时,行驶在拥挤的道路上,教练都忍不住问:"您以前是开过车吗?"我淡淡一笑,别过脸去,不想让他看见眼中的湿润和心中的悸动。

考科目三那天已是严冬。我站在"自动挡"一排叫苦不迭,举目四望,整排只有不才一个男子。几米外的"手动挡"一排,一大半男子。我拿起手机,默默跟姐妹们合了个影,包在羽绒服里走上车。这一次考官是电脑女士带着一名真人男士,电脑女士负责人机交互,真人男士负责看我经过路口踩刹车时,是否左右张望,以及见事不好,在副驾驶猛踩一脚刹车。

原谅我记一次流水账,不过也只剩一个需要电脑答题的科目四了。有了科目一的前车之鉴,高才生自然准备充足,顺利通过。出门时我拿到了驾照,然后任由它自己吃了几个月灰。

回青岛那天，在高铁站订了辆车。彼时是深夜十一点多，我同睡眼惺忪的租车公司工作人员道别，开上回家的路。作为一个现代化都市，青岛此时依然车来车往。导航把我带上高架桥，进入一段快速路。时速很快飙到八十公里每小时，直到行至一段没有路灯的地方，才发现居然没开车灯。

此刻驾校所学如潮水般涌来，科目三路考前正是一段对灯光使用的考察。我熟练地扭了一下灯，发现这辆车操作方式并不一样。黑压压的路不断后撤，我与车共同走过一段难以描述的时光，直到下了高架桥来到红绿灯前。

一辆大卡车司机娴熟地停在我右边，司机鸣笛，声音悠长，撕破夜空。他打开左侧车窗望向我，我便打开了右侧车窗。

"你没开灯！"他大吼道。

"我没找到！"我大吼道。

此时，红灯转绿。我们各自摇上车窗，像什么都没有发生过，各自一脚油门，消失在海边的夜色中。

到了地方，姐姐兴奋地等在楼下，示意我不要下车。摇下车窗，听见她开心地喊："还没见你开过车，带我兜兜风！"

"可以，车灯怎么开？"我十分真诚地问。

在所有阻拦学车的因素中，爹妈是第一位的。在记忆中翻箱倒柜，发现二老决心不让我学车，或许可以追溯到四五岁时。那年邻居家来了个亲戚，开着一辆气派的货车，停在他家门口，熄火后，没拔钥匙便进屋里喝水去了。我费了些力气爬进驾驶室，试着拧开钥匙。汽车轰鸣着发动起来后缓缓前进，邻居家门前炸了锅，有个大人冲上驾驶位，在我悬空的脚底下踩住刹车。

翻阅历史时总会好奇，那些昏君弄臣，怎么会被亲人给玩得团团转，耳边风为何总能吹进人脑子里。到了这个年龄才明白，肉体凡胎大体一个德行。从大约成年起，就听我爹谆谆诱导，大意是我性格毛躁，开车肯定不合适，但我又太机灵，以后说不定能混成有司机的人，大可不必学车。多年来，父子之间为此争执不休，但潜意识里，正因爹妈强烈反对，我居然始终下不了学车的决心。直到人过三十，才觉得非学不可。

回青岛第二天，我姐给娘亲打了个电话，问她在哪个公园遛弯，马上约一个车来接她去吃饭。于是网约车司机我，颤颤巍巍地开出了门，看着白天的马路百感交集，能看清路况真是开心。娘亲等在路边，浑然不顾司机戴着帽子和一副镀了彩色膜的墨镜,浑身上下似乎无可见光之处。一路上,听她们娘俩巧笑粲然,吐槽我许久不归家,连她生日都赶不回来,估计也没准备礼物,哪怕发个红包也是好的呀。一辆又一辆车呼啸而过,超过了不甚熟练的网约车。司机沉默寡言,红灯停绿灯行,轻踩刹车油门,载着两位贵宾慢慢前进。我姐跟娘亲主动聊起了这车坐着很舒服,现在年轻人开车就是稳。很快,车子来到我哥家门前。

"司机师傅,您也下车喝口茶吧?"我姐一直是个热情的人。

"司机为什么要去咱们家喝茶?"娘亲是现场唯一的现代人。

下了车我把眼镜一摘,问:"你不把人家当小宝贝了吗,居然嫌我不买礼物?"娘亲愣了一下,抓住我厮打起来。

到下午,车上乘客多了我爹,作为一名驾龄五十多年的老司机,他认为自己有很多东西要传给儿子。

我们漫无目的,全家人只有一个共同的目标,培训司机。车子开向大海边,经过滩涂与工业区,游乐场与民房,最终来到一段高速路附近。我爹没有想象中那么难缠,他只是一路高声阔谈自己对开车的理解,由此引申出对人生的看法和对人性的高见。他对开车走过的人生充满深情，当年开着拖拉机去青岛送西瓜，开着全镇第一辆"大解放"到临沂送农产品，憋尿时便随着车的起伏颠簸。我也不知学会在大卡车上憋尿对提高驾驶技术有何裨益，但依然为此错过了几次要拐弯或者掉头的导航。我爹不以为意，认为这是经验不足所致。他继续着自己的看法，在一切刚刚开始时，应该给新司机上一门恰如其分的思想教育课。我像在看一部改革开放主题的片子，旁白是我爹，眼前是发展成果。

说话间，到了一段高速路口附近。我爹说，一直想去看看青岛新建的机场。我说，可是只有走高速才能到。

我爹、我妈、我姐，几乎没有任何迟疑地说，那就赶紧去。

高速路上，许是风景开阔罢，三位亲人心情大好，聊起了这些年来许多经历。我看着自己独处驾驶座上，心知肚明，这三位的勇气与爱超标了。此刻我既不敢加入讨论，也不敢任由自己胡来。仪表盘上，速度逼近一百公里每小时，我告诉自己这是在玩游戏，目睹自己这具肉身切换车道，超过一辆又一辆车，电动的、汽油的，昂贵的、廉价的，本地的、外地的，像布匹一般被抽到身后。我挺直身子目视前方，新机场从一个黑点渐次变成硕大的建筑。手心全是汗水，打湿了方向盘，但不敢擦在裤子上，只能用更大力气捏住，像掰手腕比赛一样用力开车。一路所见，有人居然在高速路上倒车，有人开得远超限速，而我如教科书般前进，竟生出一种东方驾校诚不我欺之感。

下了高速，像完成一次百米冲刺后，慢慢踱步在柔软的塑胶跑道上。汗水在逐渐冷却，身体松弛下来。我没踩油门，任由车缓慢向前滑，单手扶着方向盘，左右摇头晃脑，欣赏着眼前的景色。依然泛黄的草坪，簇新的石墙，穿着职业装的工作人员来回穿梭。飞机飞过天空，有人正离开青岛，有人正落地海边，这世上有无数人在忙碌奔波，可他们都没意识到，一个年轻的司机诞生了。这是人类历史上一件小事，却也是件不大不小的事。

我们开到海边，看着咸蛋黄一般的夕阳意图沉下水面，夜色即将来临。不远处是一条国道，大卡车发出沉闷的鸣笛，在特大桥上呼啸着赶往前方。此情此景，像在哪里见过，人世间无数车辆奔流，如倦鸟归林，如蝼蚁踟蹰。那种人们都熟悉的生活样态，我似乎总能慢上几拍，以至于怎么都像个旁观者。此刻，我决心像其他人一样发动汽车，开上那座每个人都在经过的特大桥和更远方的公路。

车子一启动,我爹忙不迭地发出指令,该打左转向灯了。我熟练地打开车灯,听见油门轰鸣,看着自己驶入滚滚车流,车上坐满了骄傲的亲人们。

五十年后

我爹终于打通了钱淑娥的电话,电波传来的声音洪亮、清晰,不像年届九十,还一口说出了他的名字。他们时隔三十六年再次聊天,还要归结于那天下午我热得睡不着。

我爹与我神似,对一切感兴趣。不似之处是,他热爱而我厌烦跟北京出租车司机搭话。几个月前,他在车上忽然问司机:"国学胡同你知道不?"司机被这一口山东话惊到了,几秒后才缓缓回答,并不清楚。我爹不知司机大部分并非本地人,有些扫兴,便开始回忆往事,跟着老团长那几年,在那胡同睡过两晚……

此事在我心中萦绕了几个月,于是我们在那个炎热的下午出发了。我爹扭扭捏捏,颇为近乡情怯,讲起一九七一年，经过北京回乡探亲时，奉团长之命顺路探其老母。那是整整五十年前，从交通工具到住房条件，一切都与今天迥异。我爹还记得，那户人家需要在他入住前到社区报备。那时他还年轻，觉得首都管理真是规整。

我爹年轻时，是一个惹人喜爱的小伙子。团长看他机灵，带在身边做警卫员，两人感情颇深。正是跟着团长，他才见了世面，据说最荣耀一次，曾与八级高干吃过北京烤鸭。那顿饭的花销，比团长一个月工资还多，我爹念叨了五十多年。那是人与人容易走散的年代，退伍后，他只在一九八五年回包头看望过团长，此后再未相见，更无联系。

他想起来，那家人姓石。往事掰扯几句，便是复杂的人生。团长母亲是改嫁后，嫁了这姓石的人家，又添了一儿一女。所以我爹当时住的，是团长母亲、团长同母异父的弟弟妹妹们的房子。仅仅住过两天。

时间能改变的东西太多了，比如我爹这头，一九八五年至今，一脸皱纹，满堂儿孙。团长那边？我等一无所知。但想象中，他应该还在包头，或已不在人世。世间之事谁又说得好，团长可能觉得我爹一直在家干农活，哪想到他跟着大胖小子和姑娘们在不同城市间穿梭……

说话间，就到了国子监、孔庙。这地方我来过无数次、清幽、深邃，绿树笼罩红墙。"大小官员至此下马"石在这里立一天，人们就得明白知识需要尊重。

　　沿国子监绕小胡同向后走，不久便到国学胡同。此地最知名的建筑是韩文公祠，但并不开放。我轻声问他，当年住处附近可有此名胜？老头一脸茫然。从国学胡同1号开始，我爹便用泛着乡愁的眼神四处打量，但显然他没找到那房子。老旧胡同里的蚊子见了我，比我爹跟这胡同更久别重逢，没多大一会母亲就弯下腰专门打我腿上的蚊子了，誓同伤害她儿子的一切恶势力不两立。

　　我爹自信天成，爱用他那口标准的山东话跟人搭讪。一个大爷带着看上去也近暮年的老狗走近，我爹笑嘻嘻迎上去，开始了一场漫长的自我介绍。大半分钟后大爷回过神来，问了句："您是他什么人？"

　　估计再来几句山东话，这次寻访会走向不可知。我用练习了很多年的倒金字塔结构导语基本功，给大爷迅速说清来意。

　　北京大爷需要有那股子劲，让人深感遇上他是你的幸运。但见他微微一笑，说了一句，"也就是我，这胡同里超过半世纪没搬的就三户，还有一户是一百多岁的老太太，体育老师，早不遛弯喽"。

　　大爷用他简短的时间，展示出了更强的传递信息能力。我们很快就知道了这家人生活中的主要矛盾和次要矛盾，婚丧嫁娶一应俱全，但八卦毕竟是听不完的，千恩万谢后直奔他指的方向。

然后我发现，那地方就紧挨着韩文公祠。我爹一脸无辜，一心想要寻找当年睡过的床。

胡同又巷子，终于进院子，发现居然有三家住户。来到最中间那户，我小心翼翼问，可是姓石的人家？

一位满头花白的阿姨出来，招呼我们进了屋。屋里极为拥挤，摆着几架尚未安装的新空调。阿姨拿出电风扇，给我们递来水，聊起了天。

这居然，真的就是我爹整整五十年前住过的那座房子，依然是那户人家。此刻接待我们的，是石先生——团长同母异父的弟弟——的夫人，一九八一年才嫁进来，比我爹来住时晚了十年，所以两人从未会过面。

简短的聊天中，团长的人生拼图逐渐补齐。他的家庭，从天各一方到齐聚北京，又天各一方。时代在他的家庭身上，留下了深刻的烙印。他老了，去世了。然后他的母亲去世了。曾经亲密的家庭，只靠过年时一个个打往远方的电话维系。阿姨健谈，跟我感慨，亲人们还不如朋友们走得近，去看望亲人反而无话可说，毕竟总不一起生活。阿姨可能许久没有倾诉过了，把能说的话一股脑倒将出来。我十分贴心地做着捧哏，关心她的退休金和皮肤严重过敏经历，宾主双方热情高涨，整整两个小时，话赶话不落地。

我爹始终张嘴笑，偶尔插几句话。他抬头看着挑高足有五米的房间，指着里屋说，那里曾有个吊铺，当年就是在吊铺睡了两晚。他还记得团长母亲托他捎回去的口信，也记得团长托他带回家的礼物。细节栩栩如生，仿若昨日正在眼前。

当年雄姿英发的团长去了，当年一脸青葱的我爹老了，当年高大庄严的房子破了。时光如大锤敲落，一下又一下，把一切打成扁平的回忆铁箔，深藏在记忆宫殿中。

阿姨心有余悸，曾有无数次机会搬离这里，单位分了房子也没去，终究机缘巧合留下了。我们造访这一天，恰好送空调的工人来家，不然白天家里通常没人。我们感慨，问路一下就碰到了唯一知情的街坊，不然小心翼翼的探索情绪之下，很可能知难而退。

就这样，我爹聊完往事，问阿姨要到了老团长夫人钱淑娥的电话。我们起身，与主人道别。这个下午已经太不可思议，它流动的方式让人感觉亲历了五十年。

母校

  从县城出发,通往刘村的路变化多端,七折八弯不说,光柏油路就分了三种颜色。过去这些年,总是攒几年钱才修路,直到五年前,人们修好了最后一条通往村口的水泥路,回村不用再看天气脸色。

  腊月二十七那天,学林开着他的橙色斯柯达回家过年,成为村子最南一排十户人家中,第九辆归乡的车。他迈着近两百斤的身躯走下车,与遇见的每一个人大声打着招呼。我辈年幼时,他家门口拴着头黄牛,这一排人家有三头牛。那些黄牛在记忆中哞叫的时点,已经过去二十年。车替代了牛,实在难言好坏。但人生又何尝不是日日失去,日日获得。我们太过熟悉,如今已经三年没见过面,见了也同往常一样,有一搭没一搭聊着。这次春节空闲时多,他又买了新车,于是我们去了曾经的小学、中学,去了曾经点过火的山坡。村子就那么点,镇子就那么大,人在破败的景象中很容易陷入回忆。

村小是两间高大的瓦房,院里种满白杨树和柿子树,垂着头在冬天的风里乱舞。铁门锈迹斑斑,带尖的铁柱早被学生们掰断几根,生了锈的锁挡不住人。一个"福"贴盖住了校名中的"刘"字,年年春节有人记着来给学校贴春联。即便今不如昔,校舍依然耸立,这曾是村里最好的房子,有水泥墙、大窗户和红色瓦片。无须走进破败的院落,便看到窗户早没了玻璃,灰土被翻动过,落叶遍地,无人捡拾。

虽说时光造就了院落破败,但我要对窗户失去的玻璃负责。大约十二三岁时某个清晨,一群男孩子不知为何被点燃,一起来到曾经的小学,彼时已经是村幼儿园。所有的玩具都被翻出,所有的麻雀都被抄家。等到一个上午过去,实在无可破坏之际,我带头抄起石头,砸烂了每一扇窗户。伴着一声声清脆的玻璃碎响,这个校舍正式成为废墟。

说来惭愧,我带头砸烂了自己的启蒙地。

最早,这两间校舍承载了小学一到三年级,只有一个老师。上课方式是，老师在二年级讲完课，转头问一年级："我刚给二年级讲过白勺'的'，那个'白'你们会写了吗？"等讲完这节课，他转身去另一个教室，给三年级上课。要到下午，我们才会再见到四大爷——学校唯一的校长和老师。今时今日想起往事，我都有些迷惑自己是如何把字认全的，居然斗胆选择文字为业。

可能我们真的太喜欢用石头砸点什么宣泄了，学林上小学那几年，每隔一阵便被飞石砸中脑袋。我俩有时近在咫尺，砸中的也是他。一声脆响，我便要准备好扶这可怜虫回家，一路任其泣不成声。还好他爸爸是村医，家里弥漫着酒精和药物的味道，总能及时包扎。

可想而知，村小里学习成绩几乎是自然选择的产物。一九九七年冬天，第一次期末考试后，此子与人并列倒数第一的消息，很快在全村传开。于是我有了一个似乎智力有问题的发小。用成绩侮辱学生，是富有年代感的流行文化。彼时视作理所当然之事，如今想起来总大惊失色。

学林似乎忘了这些，他只记得那些年跟一个女同学的龃龉。一次争吵后，他揍了那个叫盼盼的女孩。没过多久，盼盼爸爸带着满脸凶相来到教室，大吼着学林的名字。后面一幕永远留在不少同学心中，以至于春节那天喝酒时说起这段，每个人都涨红了脸抢着说——

那个男人把他推到墙边,大手掐着他脖子举到半空,一遍遍地问:"你还敢不敢?"

跟我上满三年不同,学林才上一年学,村小就关门了。这个小村子才八十多户人家,生育高峰期只持续了两三年时间,蹦出来十几个小子。那两年,村小不得不雇了两个人教一至三年级,最终在一九九八年,大家决定干脆把学校并到我姥姥村。那是个有四百多户的大村,雄踞山岭之上。

小学生活乏善可陈,记忆中校园里红砖墙早已斑驳,只有道路两侧用石膏砌的三只梅花鹿是新的,学校给它们涂满褐色的漆,缀上白点,看上去跟真的颇有几分相似(要到十年之后我才见过真正的梅花鹿,不如学校的那般艳丽)。我等徒步三里路往返学校,穿越桑树林和山楂树林,绕个远便能去苇子地捉鸟,就盼着日子摇曳到初中。学林依然在等待基因表达出更多智力,成绩依然垫底,人却异常活泼,总被安排在教室最前排。

五年级的一天,学林用书挡着吃零食,被数学老师发现了。她便问:"你在吃东西?"不知哪根筋不对,这小子回了句:"吃你娘个……"

这位惠老师几乎没敢相信自己的耳朵,便向周围同学确认。告密者很快出现，同桌如实以告。惠老师勃然大怒，扔了学林所有的书，拿起木尺用力砍向他的背，狠狠发泄不满。即便十五年后，当年的同学华东还记得，老师拽着学林往教室外赶，但他从小便像只牛犊一样强壮，死死抓住桌子。精疲力竭后，惠老师丢下两句"这里有你没我，有我没你"，"我现在就去给你撕了学籍"，便摔门离开。那年月，老师体罚学生近乎天经地义，有些家长甚至恳请老师一定要打，不然不成器。

校长很快前来，发现他已被赶出教室。这是全班同学共同施加的压力，大家不想耽误上课。剩下的半个上午，这位全班公敌只好在教室外度过。

中午回家吃饭时，从未打过他的父亲，在门口等候已久。华东记得的一幕，是学林被他爸用脚踩在化肥袋子上。学林自己的记忆在时间点上更靠前一些，刚进家门就被爸爸一脚踹出几米远，跌到了影壁上。

后来得知，还是同桌来告的密。有些人对告密近乎瘾。

噩运远未结束，下午的课，他依然只能在教室外站着。后来，在校长室，他向数学老师低头道歉。老师并未原谅，依旧不依不饶，嚷嚷着开除这出言不逊的学生。最终，时间让此事作了结。创伤也留在他心里，从此看到数学便"一阵头疼"。

即便是假梅花鹿也有老去的一天。此刻是二十年后,我跟他站在阳旭小学门口,看到几只残破的梅花鹿立在道路两边,褐色身体依稀可见,白色斑点被风雨冲刷没了。几只看家狗冲陌生人狂吠不止。黑板报上还写着"一粥一饭当思来之不易,半丝半缕恒念物力维艰",墙边摆着鸡笼,教室前搭了彩钢帐篷。更远处的操场,已经变成耕地,按照行情,每亩一百八十块钱便能让土变软。

出生率变低后,再大的村子也难以维系一个小学。孩子们开始坐上黄色面包车,每天往返于镇上唯一的小学。路边是理发店、超市、牙医诊所、蛋糕房、农药店、化肥卖场、家具卖场、酒卖场、邮政局、信用社、农业银行,开春后,农田里会种上生姜、大葱和洋葱。有那么一年,隔壁镇的生姜为提高产量,用药太多,还上过央视《焦点访谈》。其实每个镇都一样,只是心照不宣。自从告别童年,田园牧歌便只在记忆中。

时隔十五年我才知道,这家伙在初中有过初恋。藏之深是因为爱之切,这段感情前后持续六七年之久,让他可怜的求学生涯,剩下一段美丽回忆。

那年月,学业力有不逮时,得退而求其次,提前半年去职业高中或是职业中专。好消息是，这对年轻恋人一开始没受什么影响，两地分离之苦让感情更为坚固。

离开初中半年后，他接到通知，回学校领毕业证。初三班主任王老师不但给了他毕业证，还拿出精心保留的最后一个学期新课本。虽说每个学生都交了钱，但去了职高的学生往往不再需要这些书，老师们总是偷偷卖了补贴家用。此举打动了这个顽皮学生。

再次遇到王老师，是几年后他为一个发小做伴郎时。这次老师变成了婚礼司仪。王老师穿白衬衣，系红领带，裹在一件棕色皮夹克里。农村学校收入太低，王老师长相斯文，又会说普通话，便出来做司仪补贴家用。我上学那几年，初中老师半年不发工资是常事，虽说无人辞职，但课余时只好干点农活，开小卖铺，卖早餐……未承想，时隔多年，他们中有几位做起了司仪。

尴尬场面出现在一次婚礼中。镇上有两对新人同时定了一家酒店，按习俗，婚宴几乎同时进行，舞台只好一分为二，两边各自张罗家长致辞、亲朋举杯。两位司仪打眼对望，发现对方分别是王老师和赵老师。两位学校里的同事，就这样在婚庆场所再成同行。

我忍不住想象过许多次，甚至顺路去这家酒店看过婚礼舞台。初中老师做婚礼主持人，舞台一侧的同行是同事,伴郎是学生,甚至偶尔要为学生主持婚礼,这委实有些滑稽。凡事皆有个"按理说",我总觉得按理说老师不是这般模样,但事情这样出现时,似乎又十分合理。生活教会人的智慧是,要习惯对它照单全收。

如今初中也被推平了,开春后人们便种上生姜,等待着用化肥和剧毒农药迎来又一次丰收。自从小镇被更大的镇合并,镇中学便不复存在。初中生们不再骑自行车上学,而是坐上远途校车去镇上,孩子们在青春期将至时,开始难言好坏的寄宿生活。这个校园留下的故事,也大多随风而逝。厄普代克说,爱记忆中的人容易,难的是当他们出现在你身边时,你仍然爱。几年前,学林在北京工作时,要到那姑娘的联系方式,两人互相问候,简单聊天,从此决定不再回头。

在职高,人生中第一次选专业,学林报考了"机电一体化",原因是学点技术好找工作。(作为对比,后来我高考那年,相当多同学怀着管理企业的念头,报了"工商管理"。)第四职业中专在县城北,半军事化、封闭式管理,全县高中、职业高中都这样。学生们每月回一次家,剩下的教育交给学校和命运。

我还记得那年月的职业高中。在我的高中对面便是县第一职业高中,堂妹在那里上学。两所学校共享一条幽长而狭窄的门前路,摆满了需要同时满足两边文化需求的盗版书、盗版磁带,余秋雨、韩寒、郭敬明、江南、周杰伦、林俊杰、蔡依林……偶尔还夹杂两本《茶余饭后》,那是少年人的隐秘快乐。作为考上高中的好学生,我们被反复告知,对面几乎是一座少年监狱,他们打架、斗殴、染发、赌博、嫖娼,帮派林立、好勇斗狠。因为这些传闻,我们走过对面校门时总禁不住加快脚步。每隔两个星期,堂妹会来找我聊一次天,她还像小时候那样怯生生的,轻声说起每天在学校的生活。我从未听她说起任何一次目睹的打架,或是一个混乱不堪的校园。

学林的记忆同样如此。在学校,每天起床时、下课后,校园广播便循环播放张雨生《我的未来不是梦》、宋祖英《长大后我就成了你》。教室里有电视,他对生活的记忆,便是看完CBA比赛后,到宿舍楼下花一块钱买来烧饼和辣条,听着这两首歌荡回房间。他是十五六岁的少年,青春悸动,内心无所不能。

上职高后,他问家里要来钱,去县里超市花一千三百多块买了部联想直板手机,那是二〇〇六年,人类刚开始视手机若珍宝。班级篮球赛那天,学林换了身运动服,便把钱包、手机放在背包里,塞进桌凳。比赛结束不久,这个十六岁的孩子便再也没见过手机。自然是同班同学拿走的。讲台边上有个大铁桶，值日生刚打来热水。他冲上去一脚踢飞，在满地热水蒸腾起的雾气中，破口大骂。

去年九月，回县里办事时，这个恋旧的老学生特地绕道去了学校。校园犹在，只是教学楼上的"弘毅"二字，清楚声明了这院落的新主人：一所以此为名的初中。

二〇〇七年底，学林和数百位同学从县城出发，去了青岛城阳区一所职业中专报到。之所以转校，是因为两校开启了联合办学。在职四的官方介绍中，我找到这样一段话——

"学校针对市场需要，多层次、多角度开展联合办学，灵活开设定向培养专业，各专业毕业生均有很好的安置去向。二〇〇五年四月，学校与青岛出口加工区专业技术学校联合办学，创建了青岛出口加工区专业技术学校潍坊分校，定向为青岛出口加工区外资企业培养输送优秀人才。"

看得出来，这无非是一次输送生源。学林愿意来，是因为"喜欢大海"。这个有些烂俗的理由，曾经吸引我每个暑假都在青岛度过，也帮助青岛虹吸着周围数百公里的青年。

青岛，哪怕是郊区，也满足了这个农村少年对海的想象。二〇〇八年奥运会，青岛承担帆船赛事。他去现场看了奥运火炬传递，也看了奥运帆船比赛。那一年，学校甚至应景地更名为环海学院。

校园地处流亭街道，青岛旧机场就在附近，不少航线起飞时掠过学校上空，那几年他没少抬头看飞机，正如他没少踢球。靠着察言观色，他天天在老师们的球场边捡球，得到了上场机会。学林有一副巨大的身体，正如他父亲和哥哥一样，天生适合竞技体育。正是从这里开始，人生中第一次，他踢上了正式比赛。没过多久，他跟着老师们（此时更重要的身份是队友）看了人生中第一场中超比赛，作为山东鲁能球迷，蜷缩在客场球迷区，听青岛球迷的脏话漫天飘荡。

在队友们，尤其是学生处主任帮助下，他在学校过得如鱼得水。把电子班学分修完，便躲开了下车间实习，先后去预科班、国贸班、机电班修完学分，直到把计划里的中专文凭读成大专学历。学校管理很是混乱，他只交了第一年学费，便把后面的学费花在了旅行、运动服和喝酒上。

二〇一〇年的一天，在有了第一份工作后，他再次接到回去拿毕业证的电话。跟初中不一样，教导处主任在电话里说，必须交足两千块钱才能带走。学林坐大巴回到学校，请这位小头目吃了个饭，为三年青春买回了一纸证明。

那之后没多久，便传来了学校关门的消息。校舍变成附近一家工厂的宿舍。

兴许没有什么是持久的。当年他与老师们一起去青岛李村找了家运动服装店，统一置办球衣，他选了利物浦传奇队长杰拉德的8号。那件球衣，同学校里许多东西一起，被他忘在了回乡火车上。

就这样，我的儿时伙伴除了几张毕业证，再也找不到受过教育的痕迹。

对于闯荡世界，他倒是早已迫不及待。自己去找了份工作，在物流业飙升之际，进入山东海红公司网管部。到了公司这家伙才知道，网管部的工作不是负责管理网吧，而是负责山东全区域的物流配送、妥投、回款、合同、货物破损……工作本身变成一所新学校，带他入了行。

没有任何缓冲地带，那是中国电子商务风起云涌的年代，他一入行便经历了快递爆仓，在国道308北侧一个仓库，天天熬到后半夜才打地铺入睡，还找不到地方吃饭。困惑迷茫之际，他发现当时一同打地铺的还有衣恒富，山东海红公司创始人。这个初生牛犊深受触动，"开始了人生中最没心没肺的日子"。他背着包，挨家店去敲门，甚至怂恿三蹦子司机改行做物流配送员，一路高歌猛进，打开一个市场就进入下一个，走过淄博、滨州、东营……直到去往北京。在通州，在顺义，作为物流方代表，他跟京东、国美、凡客、麦包包、慕芭莎、聚美优品都合作过，踏着电商业的波浪前进。

我还记得他在北京的日子，我们约在鸟巢相见。一个大块头满面笑容地走来，大声叫着"小叔"——我俩虽然同龄但村里辈分森严。下午的阳光洒下来，他提议去吃汉堡王。拿着巨大的双层牛排皇堡，我们各自用一分钟吞了下去，像在村里一样。在北京，他依然是坚定的山东队支持者，专门去北京工人体育场看山东队客场打国安队。比赛结束后，保安按住这群橙色衣服的球迷，直到夜里快十二点，等着揍山东球迷的国安队球迷悻悻离开后，才放他们出去。说到这里他咧开嘴放声大笑，像儿时赢了一场玻璃球比赛。那一刻我觉得北京是他的，大步行走，肆意开怀。

二〇一三年夏天，漂泊几年后，学林决定回家乡（纵然从未见识过稳定生活，他也是个追求安稳的山东人）。

辞过职的炎炎七月,他花三天半时间,听着许巍和五月天的歌,骑自行车回到老家。一年后,山东海红被低价收购,他的第一家公司也湮没在记忆尚未泛黄的时代。

问题少年

    我十几岁的时候在镇上平平无奇，就连麻烦都没制造过。那年月，问题少年都在大街上。他们霸占了台球室、游戏厅和中学五十米内的两家小卖部。只有那里烟卷随手可得。嘴上是否叨着烟，是少年到成年的分水岭。我只是成绩不好，每天在课上犯困。

    北方小镇上，少年间互相看一眼，就可能开启一场战争。我是在那样的岁月中，经过操场边漫无目的的一排冬青树时，冷冷地看了新同学潘剑一眼，午后，便接到了去厕所单挑的邀请。那是男孩之间一次相当正式的邀请，在国外可能约等于第一次邀请女生作为毕业舞伴，都是成人礼的一部分。

    一进厕所，他从背后掏出一卷报纸，抵在我胸口。

"这是什么?"我有些慌。

"报纸。"他说着就要扬起来。

我抬手一抓,扒开纸卷,看到了露出的钢管,顿时难掩怒意。潘剑长得十分清秀,一抹长刘海遮住半边脸,不像个满脸痘痘的混混。我搂住他肩膀,右腿一撑把他摔在地上,然后骑上去,用相当原始的方式,大拇指塞他嘴里,手往外撕腮帮子。他使出全力拽住我的领口。两个不会打架的菜鸟僵持了几分钟,耗干力气,才互相放开。

第二天中午,他新结交的小混混兵子(这个男孩的舞台会在十五年后出现,他用互联网金融诈骗了数百万,又一夜之间销声匿迹)把我叫到教室屋后。又是一次男人之间的邀请。在没人看见的角落,兵子给了我一拳,问:"你打潘剑了?"

"他先打的我。"

我一低头,发现抵在我身上的拳头居然戴着手刺,五根短短的锯齿。只是他没敢用力,打在身上都浑然不觉。一次软绵绵的警告。

结下这场无疾而终的梁子后,我们再也没有互相试探,从青春期冲动男孩到地痞流氓间有一条漫长的路,绝大多数乡村少年没有胆量尝试。一个月后,班主任决定改变本班全年级倒数的现状,对座位进行了一次大调整。

我坐在椅子上，看着潘剑走来，这次眼神对视以他笑出来作结。从那个瞬间起，只能硬着头皮交个朋友。

新同桌热情相当持久，在我耳边喋喋不休地说个不停。很快，我便知道了他在追一个女孩，郎有情妾无意，正一筹莫展。彼时我刚开始奋发学习，试图从全年级倒数开始发力冲上高中。见他正没主意，心思一歪，便提议跟我好好学习，用成绩征服姑娘。自此学业一片坦途，身边坐的小混混变成了跟班。此子帅气有余，智力平平，我现学现教，竟游刃有余。初中最后一年，我创造了学校历史，以全镇第一考上高中。我的跟班也考上了高中，而不是随旧日朋友们去职业中专。

那一年我们友谊日渐坚实。他是个单纯、热心而上进的小伙子，只是青春期耍酷，永远给人一张冷冷的帅脸。在我面前，他每天弯着眼睛笑，把自己一股脑倒给我听，似乎离开这张桌子，便没有任何人倾听那些零碎的故事。他崇拜谢霆锋，刻意留了谢霆锋十八岁时的发型，一遍又一遍练习偶像唱过的歌，始终认为自己吸引姑娘的一定是忧郁的样子。就连站起来上厕所，都会偏过头来凝视着我唱一句，"因为爱所以爱……"，甩甩长发，昂然离去。你问我少年时代是什么样，我会说眼前总有一个穿着橙色衬衣的少年，每天无数次用嘴巴吹开遮住眼睛的刘海，嘴里忘情地哼着情歌。

那是潘剑母亲喝农药自杀两年之后。

我们上了不同的高中，尽管都在小县城里，但身处半军事化、封闭式管理的学校，除了过年回家，总是见不着面。我打定主意不再掉队，在理科实验班继续认真学习。再次听到潘剑的消息，要到高二秋天的晚自习前。一位初中同学转达，潘剑专程来找过我，在门口不敢进来，留下了一封信。

我拿过信纸倍感熟悉，他曾在这样布满花纹和色块的纸上，写下一封又一封情书，送到那个始终未能答应的女孩手中。我也曾为那些情书增光添彩，贡献了心中无数句情诗。如今信纸在手，打开一看大惊失色。他详细讲述了自己两年来的苦恼，学习怎么也跟不上，县城里的混混也排挤他，有时甚至要替人洗衣服示好。那种折磨似乎无穷无尽。他绝望，自己在这漫长的征途中看不到未来，怕是永远也追不上那女孩了。信的最后他深深感慨，如果我们还是同桌，事情会完全不一样。他说，自己要去远方，别找了。

那天我肝肠寸断，不顾一切地到处找人打听。但在纪律极为严酷的县城高中，连电话都打不出去，潘剑也没有手机。就这样经历了一段注定无果的寻找,像青春期其他躁动一样,这股念头也渐渐平息。最终我放弃了寻找。

要到十五年后的今天,我才知道他经历了什么。辗转几个地方后,他落脚青岛,想必身无分文,便开始打工。一个未成年人只能去做最低端的工种。他在一家洗浴中心做了保安和打手,度过两年捉襟见肘的日子后,回到潍坊,在一家酒店继续做保安。

跟我讲这个故事的同学,曾到酒店找他吃饭。远远看着,潘剑穿一身仿英国皇室卫兵的红制服,指挥客人在停车场找位子。他还特地找到当年的照片,潘剑剃了平头,套在红色的衣服里,撸起两只袖子,呆呆地盯着镜头。我的谢霆锋变成了你去酒店时总会忽略的小人物。

潘剑去了一家汽修厂,从学徒开始做起,几年时间做成了正式工。他似乎重新有了一份体面的收入,照片里他又蓄起长发,穿上帅气的夹克。好消息是,在被生活反复打磨之后,他居然追上了那姑娘。此刻他终于在母亲去世十年后,伸出头吸了口新鲜空气。天知道那是什么日子。我们同桌时,他一烦躁就会骂"跟个老婆似的"(在我们方言里,"老婆"这个词意味着极度无趣的娘们)。我知道他非但不讨厌女性,反而有十足的依赖感。直到见到他后妈,才明白潘剑骂的是这个女人。她一刻不停地在抱怨别人，为自己鸣冤，试图让这个新家庭对她产生负罪感。在他家玩的那个下午，我如坐针毡。潘剑经历的人生，我有一半是听人转述。比如，母亲喝药后的那个下午，他辱骂着父亲的名字冲上去要杀人，又在舅舅们把父亲打得半死不活时，跪下来拦在他们前面。这个十一二岁的少年，就此一蹶不振，他曾试图走进小混混们中间，却发现自己没有那股狠劲。跟我单挑，本是他下了决心要混社会之时。

二〇一二年九月二十八日凌晨三点五十二分，潘剑发了条"QQ空间"——"娶媳妇路上"。相册里还发了张自己的照片，风景疾驰而过，帅气的脸庞眼含笑意盯着窗外。一个迷人的年轻男人。那天，他作为男方代表，跟着迎亲车队去为大伯家的堂哥接媳妇。

头天夜里，司机们熬了个通宵打牌。我们当地迎亲的司机，因为要起早，通常会这么干，等接完亲再倒头大睡。最开始，潘剑在第一辆车上。后来兴许是"鬼打墙"，他自己换到了最后一辆车上。车队前后相连，始终紧紧跟住。接亲时这看上去气势十足，却平添危险。清晨昏暗的路口上，一辆刹不住的大油罐车撞到了最后一辆车。他亲自选择的那辆车。

同学们在殡仪馆见到了潘剑。最后依然有一张帅气的脸庞，只是整个胸骨全塌了下去。少年时的梦想一个都没实现，人生便戛然而止。知道这个消息后，我让人截取了他那几年所有的"QQ空间"，一遍遍翻看着充斥其间的愤懑、无力和对爱的渴望。他为兄弟出头打架，也为女人半夜心碎。有一天他甚至咬破手指，写下了"葬爱"两个字。这个少年时的朋友，到了二十多岁依然没能走出支离破碎的青春期。

去世前五天，他写下："如果来世你遇到只有七秒记忆的我，请告诉我你的名字。"不知是从哪篇青春文学中抄来的句子。

下面只有四条回复，全是他去世后才出现的。其中一条："我会告诉你我叫张伟，我还会告诉你，你上辈子叫潘剑，我们是最好的兄弟……"

他出事那天，婚礼如期举办，只是没有人笑得出来，宾客们沉寂而灰暗，宴席草草收场。第二天，刚过门的嫂子便离开新家，只留下一纸离婚协议书。

火中曲

我童稚时很不喜欢交友,以至于所有朋友都是邻家小孩。他们住在离我二三十米半径之内,像栖居同一个巢穴的鸟,谁先饿了,哭了,被飞石打破头,偷东西摔脱臼,都会引得每一只鸟无处安生。如你所知,只要有超过三个人的地方便会有政治。我们四个人的政治如同人类社会大部分情况一样,原始而不失复杂性。从年龄结构来看,每个人都比我大或者小两岁;从辈分来看,某虽不才,忝列叔辈。这给幼崽政治带来了一定难度,作为村西最大的社会组织,人员排序是按辈分划分还是按照年龄划分?无论哪一种方式都有其短,都可能引起民意反弹。

最终以一种不言自明的方式,智力成为主要排序标准。这也实属无奈,我等聚在一起,没日没夜疯玩,但凡游戏总有输赢，赢家总想通吃。赢了之后嘲弄输家，时间久了暗生权力结构。

经常输的那位朋友，因为长得胖些，人称加菲。在山东农村几乎所有孩童游戏门类中，他全线落败，永远排名第四。譬如罢！有一种"打毽子"游戏，大致玩法是两人夹击一人，抛毽子打中即得分，但被打的选手若是抓住了毽子，便自己得分。这个对智力要求委实不高的游戏，他每次都双手抱胸直立起跳，变移动靶为固定靶。

我同加菲是最好的朋友，忍看朋辈总受虐。毽子游戏中，谁若打不中他，反而引起一阵惊叹。但加菲乐此不疲，从未面露灰心。他在我们中间玩得满头大汗，才在奶奶一遍遍的呼唤声中恋恋不舍地回家吃饭。我时常怀疑支撑他的动力是什么，却终无所获。那年月能玩的东西相当有限。跳绳是女孩子玩的，打玻璃球是男孩子玩的。玻璃球是一种相当考验技术的游戏。在并不平坦的麦场上，分头挖几个窝驻守，用大拇指弹出玻璃球去打对方的玻璃球，只要打进窝里去，便收走对方武器作战利品。技术的关键环节在距离，出手瞬间两个玻璃球越近，越容易控制。几乎每个人都会在出手时，猛然把胳膊往前一送，大大拉近距离。这违规之举，总能惹出面红耳赤的一场架。但加菲出手时，每个人都会安静下来。他固然成功率不高，但从未作过弊。那时我还小，不知道在人生无穷无尽的游戏里，这么遵守规则的好人，无论何时都缺不得。

我大约有二十年不曾玩过玻璃球了，年岁有加，最大的坏处是脑海中时间的流速变慢。玩玻璃球仿若昨日，中高考亦混为一谈。其实不照镜子，我大约觉得自己还像十几岁那样幼稚与脆弱。三年没见过加菲了，上次见面我们四个人一起去了河边。那是农历新年后，村西的河上结了冰，草木枯黄已久。我们兜里塞了十来盒火柴、几盒炮仗，打定主意要闹出点动静来。

河边有个男人拿着长长的气枪，不知是玩具还是漏网之鱼。小时候我家里挂着一把这样的枪，那年月枪支还没收回去，村里能找出二十来把气枪。有枪的日子便有野兔子和鸟吃，堂哥是个中好手，带着我颇是见过一番世面。我爹枪法更好一些，但我出生时此公已人到中年，被生活压得少了些许灵气，轻易不出手。

也曾是一个春节，北方人的记忆中这十来天会格外浓烈。每天穿着新衣服玩炮仗。那天我爹兴致来了，拿起枪带我出门，见识一场老军人对野生动物的猎杀。刚走到北屋后，远远便看见村里一个二流子。

我爹站定了说，要不先打他？

我点点头。

一声枪响过后，百米外那个人微微动了一下，用手摸着屁股。然后慢悠悠走过来，看着已经笑弯腰的父子俩。

"我说屁股怎么黏糊糊的。"他嘟囔了一句。碍于我爹年长辈高，不敢发作。

狩猎到此结束，回归传统年俗，村里围拢了一群人，取笑二流子挨了这一枪。一个快乐的下午，又在聊天中流逝到黑夜来临。气枪的力量威能差不多就到一百米，我爹对它熟稔至极，才敢扣动扳机对准一个穿了棉裤的屁股。

如今在河边，我们面面相觑，不知眼前这个有枪的男人，是犯罪分子还是玩具枪爱好者。但我等正是血气方刚时，在村边见到持枪者就跑，好像实在说不过去。起码没人愿意第一个迈腿。

于是四人按计划走到河边，在雪地中找到一块干爽的草地。我点燃一根火柴，扔进草堆，看着黄色的小火苗慢慢放大，烧得空气微微变色，发出噼噼啪啪的响声。我们点燃一堆又一堆干草，引燃一簇又一簇黄色火苗。雪与冰化成水满地流淌。这是从记事起便有的爱好，每年春节那天总要点燃一片野草。我们往草堆里扔炮仗，往冰里扔

火中曲

炮仗，往林子里扔炮仗。听见炮声，飞鸟吓得窜过天空。这样的快乐不足为外人道，用不了多久，一整条河都被引燃，黑色的河床与白色的冰河一同蜿蜒向远方。

那个男人，让我们鼓了些多余的勇气。看着河面上空气都被烧得变了形，远方如近视镜里一样模糊，我们走向不远处的树林。一大片白杨树下，厚厚地铺满秋天里无人清扫的落叶。火柴、火机与炮仗，很快占领了这片静谧的林子。在一个干燥的春日，几个年轻的灵魂，需要一把更大的火。

事情很快失控。火是这世上最不听话的存在。它不按预想那般在空地上发威，而是指向树林深处。人类文明自火中诞生以来，每每要面对这个始祖的脾气。此刻四人的笑容都有点僵，还没想好到底放不放下身段去救自己发泄出的文明。

我们三个互相开着玩笑，心里有些打鼓。加菲一声不吭，冲向正在前进的火锋。他用手捧起土，拼命盖在火苗上。他捡起树枝，把最旺那团火抽得弱了不少。但火势仍向更远处挺进。我们再也不好意思傻站原地，去河里抱来了冰，用树枝抽打火苗，用鞋子搓起土扬在火苗上。

但谁也没有加菲卖力。他驱动着硕大的身躯，发狂般扑向每一团火，迎着它们烧起的烟，抬起粗壮的腿狠狠踩下去。一脚又一脚，溅起树叶被烧成的黑色粉末，汗水流过他坚毅的脸庞，又被火焰烤得消失不见。他的眼镜片反射着狰狞的火光，已经遮住了眼睛。我觉得他应该什么都看不清，只是凭借对温度和光的感知在拼命。有那么几个瞬间我都忘了灭火，出神地看着一个战神与火魔大战。那一刻像战场，又像电影。人类坚定的信念在凶恶的火面前，显得如此珍贵动人。他穿梭在白色的树木中间，留下一阵又一阵浓烟，那是又一处火魔被踩灭的迹象。

说来惭愧，出征时明明是四个人，如今却仿佛只有一个人在战斗。我们三个即便不是沦为可耻的观众，也大致如此。不是灭火帮不上忙，而是穿着新年新衣，谁都在犹豫要不要冲向浓烟最深处。那天我始终没舍得身上的羊毛大衣和脚上的 Dr. Martens，以疏离的姿态抽打火苗。虽然最终，谁也没能幸免，脸上都冒着被火熏出的油光。

那个拿枪的男人不知何时离开了。他即便是亡命之徒，刚才的火势也足以让他担心横加一条纵火罪名。如今唯一的英雄是加菲，他踏着黑色的土地走出火场，背后半片树林都被火燎过，但再也没有一处火苗胆敢跳动，它们静静等待生机消去。我们赢了这场战斗，等待将军归来。这些年我们出门在外，对彼此的人生其实非常陌生。看着英雄一瘸一拐的步态，三个人都有些动容。时光早已湮灭年少时光与青春容颜，却留下了金子般的品质。他的刘海被火烤去小一半，黝黑的脸上沾满天然油彩，就连汗珠都黏成了块，泥土从鞋子抹到大腿根，暗暗诉说着刚才这场搏斗何等激烈。他瘫在地上，我们瘫在地上，望着天空。

这场关于人类政治的较量其实已见分晓。智力终究靠不住，最聪明的、最年长的、最受尊敬的那些人总在顾此失彼，轻巧的便失了大节。人生有时像孩童游戏那般幼稚，有时像区分别人家的孩童那般艰难。似乎总要多吃几十年饭或是经历一场没来由的大火，才会让自己看起来不是十足的蠢。

"走吧。"

加菲把烧得看不出牌子的羽绒服挂在肩上。他此刻略显沙哑的嗓音，透着一股不容置疑的威严。

"明年再来。"

树上的男孩

我的记忆是从一棵树上开始的。我记忆中的童年总在树上。母亲——如今家里所有人唤她老太太——那时尚且年轻,去地里干活时必须带着我,家里没有富余人手了。农活枯燥而悠长,她得忙整整半个上午,才有空走到我身边,看看饿没饿、渴没渴。长长的春耕季节,我自顾自地爬,泥土松软无力。日出日落间,在黄牛哞叫声中,我肌体日隆,每天幻想着骑上那头牛到处走走。春日天蓝,有人放风筝,大风凛冽飞不成溜,便在风筝屁股上拴十几米的塑料袋、薄膜、小石头……任何东西长了尾巴都略显拖沓,但没挂尾巴的风筝都挂树上了。不时有云掠过,被风条条吹散。万里无云之际,天空了无生趣。

柳叶闪着绿色的光,如岁月摇晃。太阳炙烤大地,泥土日渐干爽。旧时北方只有两个季节，一曰绿，一曰灰，只有绿的季节里人一日三餐不跟白菜豆腐干靠。萝卜和土豆适时拱出地面，地瓜藤蔓遍地，其中还藏着蟋蟀、蚯蚓、田鼠和无处不在的麻雀。点火烤来各有千秋，麻雀总略胜一筹。

我在狗叫中入睡，在鸡鸣中苏醒。趴在村东头的地梨子湾旁，陪母亲种下玉米、花生和棉花。夏天里，一个饥肠辘辘的中午，母亲把我从地里抱起来，顺便掀开坐垫。很多年以后，她依然念念不忘那天的每一个细节——纵然谁也不知道，其中有多少来自过度恐惧的记忆在头脑中缓缓刻下的痕——地上盘着一条两米长、满是斑纹的蛇，看起来刚与我共度了一上午时光。

这一幕触发了一个母亲内心的恐惧，她拿起铁锹，不知从何处寻来勇气，生生打死了蛇。

大柳树佝偻着身子，树干才到一米八便分了杈，落净叶子后就是个硕大的弹弓。

送我上树那天，母子二人各怀心思。她实在怕了地上有蛇出没，我好奇树上什么样。没有人思考过蛇其实也会爬树，我们只是找了个一厢情愿的安全岛。风拂过我滚圆的脸蛋，片刻不停。树杈间正好容得下一个童男，骑在上面抱着粗糙的树枝半晌无事。坐久了虽然十分疲惫，但这个树杈高我两倍有余，不敢轻举妄动，我成了树上一道静止的风景。就这样我的童年被一条蛇吓到了树上去。

母亲每次路过树下都喜笑颜开。日复一日，夏云淡如薄雾，挡不住日光炽烈，我在树上端详村庄，看到红瓦鳞次栉比，村里蒸腾起莫能名状的白气。一到冬天，村子便如死去一般。夏天是另一种死法。成排的白杨树纹丝不动，叶底泛白，径自午休去了，每棵树下一个老头，摇着蒲扇等待时光退却。

在树上我俯瞰尘世，第一次认真端详地梨子湾。柳叶缝隙中透过些许光线，照在黑草丛生的水泊上，随后拱入不见其涯的虚无。粗细不一的柳树，勉强成了片林子，高高低低，杂草丛生。早年间不知谁人漫不经心地种下这样一片林子。高处是坟头，低处是田垄。那年月村子边上河水还十分丰盈，没人抽这里的水浇地，只在柳树林中拴上黄牛，任它们啃食青草时就地喝两口。此时此地，只有我目不转睛盯着一片树皮，一天之内有两只蝴蝶、三只蚂蚱掠过此树，牛抖开的苍蝇飞向丛林暗处。母亲在附近劳作，我在半空思绪空灵。

我骑在树上，手边的柳树皮抠得所剩无几，露出白色的枝干，再把纤维一条条扯下。蚂蚁很快聚集，又被我逐只扔下树。有蜻蜓飞到我静若枝叶的身上，轻点一笔，振翅飞向丛林深处。蝴蝶也不时挑衅，不敢伸手去捉。一只狼狗从远处跳着跑来时，我心里五味杂陈。很明显它即便不冲我来，也注定驻足。它花了些时间确定我鼻息尚存，便开始向树上咆哮，不知为何，农村每只挣开绳子的狗，都积蓄了无穷的怒气。它用爪子刨树皮，伸出两条前腿爬树，围着柳树转了几十圈，吠叫声在树林回响，在田野弥漫，直到惊动了远处的母亲，用土块将它打得夹着尾巴奔回村去。

没有电视的年月，我们靠故事度过乏味的日子。童年时刘村始终面目模糊，这个幽小的世界，只有田野敞亮，每个房子里都藏了不足为外人道的故事。我要听，母亲便讲，但故事的主角一向面目模糊，可以来自村中任何一间房子，又不指向具体哪家。

故事总开始于我出生前的某个日子。

"从前有个主啊，娘俩过日子。"若我记忆不差，有无数故事都是这样的开头。一个"主"，在山东话里便是一户人家。

"这一天是过年前，娘俩在家包饺子。包到一半，来了个大闺女。大闺女说了，没地方过年，能不能在你家过？娘俩心好，又觉得儿子还没个媳妇，就留她在家了。

"过了没多大一会，村里算命的来了。他进了屋，看了看大闺女，就去锅台烧火了。把火棍烧得通红。他拿起火棍，一下捅到她背后。捅穿了。

"大闺女变成了耗子。娘俩再一看她包的饺子，上面全是耗子爪印……"

入睡前的每个故事都会有鬼出没。于是这一整个夏天，我夜夜伴着星光、银河与鬼故事入睡，躺在竹藤编的席子上，身体蜷于母亲怀中，面颊上挂着吓出的泪。夜深了，母亲便把我抱回屋里睡。山东诞生《聊斋志异》并非偶然，成百上千年来，我们的儿童都听着鬼故事长大。

在树上，我对村子以逸待劳。远处一阵扬尘，大我十岁左右的一个哥哥飞奔而来，人影由小及大，终于在眼前停下来。比他更早停下来的是一只麻雀，直勾勾躺在地上，整个身体一鼓一鼓地起伏。他把麻雀抓在手中，扶着我这棵柳树，半天没说出话来。不远处有一条正在浇地的水管，他趴在地上喝了个饱。

在邻村的苇子地里，他偷袭一只麻雀，没想到惊飞了它，于是一气之下开始追着跑。在苇子地里待久的鸟，不敢飞向天空，总想找个掩护，于是一直低空飞行。没想到出了苇子地,背后的人类依然穷追不舍,麻雀在深深的恐惧中忘记可以飞得再高一些。于是一人一鸟竞逐了几里地,最终麻雀体力不支,坠落在地。若非亲眼所见,无论如何都不敢相信。这个故事会在村里传很多年,一个长不大的愣头青追死了一只飞不高的鸟。

另一只鸟死得更荒诞些。

村子西边有三棵高树,每棵上面都站了一只猫头鹰。白日里无人问津,黑夜里兀自哀嚎。大人们总说半夜里猫头鹰飞到谁家屋顶叫,谁家就有人要去了。

北边邻居家的大块头,琢磨着用弹弓打下一只来。平常用的弹弓,最远打个麻雀,够不着高高站在树梢上的猫头鹰。他去买来四根橡皮筋,做了个射程加倍的大弹弓。这玩意拉起来费力,松开手容易失控,他甚至把自己手指练得发紫,最终还是掌握了这门重武器。我白天大都骑跨在村东的柳树上,一切都是听其他孩子后来讲述的。他带着半个村的孩子一起来到村西的高树下,拉满加粗的弹弓,石子如流星飞向树梢,群口无言之际,树叶簌簌飘落,裹着小母鸡一般大的猫头鹰落在结实的地面上。他冲上去,在欢呼声中抓住了猫头鹰。全村的孩子,轮番从他手中拿过猫头鹰,摩挲着厚实的羽毛,盯着它滚圆的眼珠,赞叹个不停。

麻雀低贱，猫头鹰不祥。打下一只猫头鹰可不是什么好事。大人们很快断定这个大块头要出事，厄运注定袭来。在众人不怀好意的注视中，日复一日的传言中，两年后的一天他盖新房子时，从房梁上摔下来，断了一根腿。全村的漫长等待到此结束，从此之后没有人敢再打猫头鹰的主意。我倒为他庆幸此事到此为止，不然人生中任何时刻都有个诅咒悬在头顶上。

第二年开春后，积雪化了一地。选了个暖和日子，母亲又带着我去地里干活了。我穿着棉裤爬树，直到摇晃的树枝把我甩得像树叶般飘摇。此刻树便是我的窝，越长大我越喜欢待在上面。听见鸟说，再晃下去我都要晕了。听见树说，再晃下去我就要断了。我从一根树枝顺势跳到另一根，再出溜到树杈上歇着。这一整天我上蹿下跳在想念了一个冬天、半个春天的柳树上，耳中遍是周遭万物絮语，心中是纯粹而彻底的喜悦。

回到树上，春天才真正开始。熟悉的轻雾从泥土里蒸腾，笼罩着还没褪下棉衣的人们。大地长出一层灰绿色，向着无尽的远方蔓延，直到远山将其阻拦。一万只蠕动的幼虫松动田野，一万只挥舞的雀鸟掠过丛林，一万年来未曾静止的风轻扫刘村。诸虫毫无头绪地鸣叫只是不喜欢安静，群鸟并未歌唱而是在无穷地絮语，村里人挥舞锄头时心中跃动着不曾止歇的欢歌与抱怨。我的心像一台久未开启的接收站，在噪声与杂音中不断掺来试探已久的信息，万物皆有灵，发出甚或不明的声音，世间却没有什么接收塔。此时此刻此地，我抱着树干，亢奋地聆听到千言万语、虫鸣鸟语。我失却了自己空空的回音，把心凹成勺子，陷成谷斗，容纳着奔涌而来的碎片，盛满后还能继续装。我对鸟儿一视同仁，黑色的乌鸦和花色的喜鹊只有音色之别，没有毛色之别，我不曾有过歧视，两种鸟的声音同样难听。我对虫子等而视之，无论它们浑身带刺还是柔软地蠕动于世间，都说不出什么像样的话。

  我甚至都分不清此刻是在树上做梦还是在一个遥远的城市里回想。

抬头望故乡

　　每年一次,我的家乡会掀起一点波澜,就像风吹过湖水时,总有连绵不尽的波纹。微风掀不起浪,但少不了拂过每寸水面。鄙乡不才,盛产风筝,拥有一个国际风筝节。从我记事起,每年春天,大约清明前后,地里的雪化成水之后,再干燥个几天,村里的孩子们就会到麦田放风筝。春天的麦地柔软、清亮,踩在上面依然一脚深一脚浅,但不黏人,甚至轻轻回弹。土地正在醒来,大口呼吸。阳光和缓地打在绿色麦苗上,叶片闪闪发光。麦苗正是生命中最年轻活泼的时节,根本不怕踩,就像人小时候擦破皮马上就能愈合。通常是母亲举着风筝,等我准备好跑步姿势,便撒手往上一扔,看着我迎风向远方奔跑。麦田是最好的场地,放风筝不需要速度太快,还要边跑边回头看,确保绳子另一头的"老鹰"或是"燕子"头朝上,不然一头就扎下去。技巧的关键在于顺着风筝脾气来——假如它有意倾斜,要举高手慢慢拉动,骗它面对更大风力;它向左偏,向左拉;它向右偏,向右拉。节奏感同样重要,奔跑时要一点点把线放出去,时不时停下来,等风完全掌控风筝。要跑到风筝有半棵青杨树那么高时停下来,站在原地继续往外放线。最终,风筝会比青杨树还高大半个身子,在空中看上去一动不动,牵着它的线在风中弯成一条漂亮的弧。这才是玩耍的时刻,每个人都把线籰插在地上,再压块石头,任风筝自行飘荡。

要到许多年以后我才意识到这并不寻常。其他地方不像我们这么爱放风筝,更别说生产风筝。新闻上说,潍坊的风筝产量占了全世界的大约七成。天啊,全世界都飘着我们的风筝。小时候,每逢初三、初八大集,集头上都是卖风筝的,母亲带我一路砍价,最终不过块儿八毛就能拿下一只"老鹰"。成年后,这玩意才被叫作非物质文化遗产。回忆里的东西通常就像回忆,总要附加上点什么。从离家上大学那天起,我就知道风筝对家乡的意义了。

"你是哪里人?"

"山东潍坊。"

"哦,风筝。"

遇上陌生人，通常会发生这么一番奇怪的对话，仿佛故乡总在天上飘来飘去。几乎每个城市都有代名词，人们满心欢喜的从首都、魔都、山城、江城和长安城出发，唯有我来自一个玩具。文人思乡，常靠月亮。齐白石远离家乡多年后，刻了方印"客中月光亦照家山"；李白写，"举头望明月，低头思故乡"；苏轼给弟弟遥寄，"但愿人长久，千里共婵娟"。依我看，无论白天黑夜，见到风筝就如归故里。只是在麦田里放风筝时，怎么也想不到，未来无论走到哪里，它都如影随形。

当时满心想的是怎么让它飞起来。我小时候，家乡每条路上都种了青杨树。风一变向，人若不留意，风筝就会挂在树上。许多年后的一天，我在郡王府附近看到一只挂在树上的风筝，长长的线荡下来，线箍还在地上。显然，风筝的主人绝望地放弃了它。我拿起线箍，拉满线，轻轻地找准角度拽风筝，拽两下，放一下，让它随着微风挪动，没多大一会它从树杈间移出来，在越放越长的线中飞向天空。跟用竹竿和面筋粘知了一样，解救风筝、放风筝居然是一个童子功。

放风筝的时候，老狗（抱歉，它至死没有名字，这事或许也是时代产物）偶尔跟在我旁边。其忠诚与勇猛为平生所仅见，凡非我家人类皆为其敌。它曾一次次挣脱缰

抬头望故乡

绳,我们只能加固铁链,把它禁锢在狗窝两米以内,用凶猛的嚎叫看家护院。那个春天,大概八九岁的年纪,我一个人出门放风筝,解开了它的铁链,像牵着一只宠物狗那样出了门。那年月狗在农村不是宠物,更没有人会遛。老狗十分开心。我左手牵着风筝,右手牵着它,奔向麦田。整个下午,一人一狗一风筝,飘浮在麦田上,在蓝天下,在春风里。风筝产自我家乡自有其道理,这里有放飞它的天时地利。等到傍晚前我们才回家,兴许黑夜即将来临或者锁链即将加身都让它感到紧张,走在路上,一个不太熟悉的小伙伴冲我打招呼(我要不断为它开脱,陌生面孔也许是个导火索),它冲上去就咬了一口。我为朋友闯下的这桩祸事惊心不已,用力拽着它跑回家拴起来。母亲听闻之后,拿剪刀去老狗身边,从它背上剪下一撮毛。没多大一会,对方母亲就带着孩子赶来,伤口还没处理过。此刻才是最佳时机,母亲拿火点燃狗毛,吹灭后压在伤口上。很快伤口便不再流血,也没人提起狗咬人的事。我惊讶地松了一口气。时隔二十多年后,仍然不能完全理解为何这样处理。我们曾真实生活在一个旧日世界,没有人担心(甚至知道)狂犬病、伤口消毒包扎之类的事情。这像神婆传授的一桩仪式。人类的故事不管多荒谬都会继续下去,只要双方都这么想。打那天起,我看到狗会下意识地躲，生怕被咬一口，身上要贴一撮狗毛。

在我们放风筝那些年，总传说城里产大风筝，名叫"龙头蜈蚣"。村里有人见过，张开大手，挺开胸膛，还用眼神看了看村头、村后，才描述出大小——足足四百米长。那人说，人放不了这个风筝，是大卡车拉着往前跑的。我们摇头称赞（村里连个卡车都没有，对于具体场景其实无从想象）。后来我在美术课本上见到了"龙头蜈蚣"，与全国其他工艺品争奇斗艳。从这只风筝开始，潍坊风筝就离我有些距离了。它不但超出日常经验，也超出正常人对风筝这个玩具的想象。当年在村里我们没机会得见，如今在城市里也没有。为了这样的风筝，需要一个专门的风筝节。从一九八四年开始，我们这个种满小麦、花生和玉米的地方，办起了国际风筝节。五年后，我出生前一天，国际风筝联合会正式设立在潍坊。

协会简介上说——

> 这是第一个由华人发起，第一个由华人牵头负责，第一个设在中国中等城市的国际性体育组织。
>
> 国际风筝联合会的诞生，标志着世界风筝事业有了领导机构和活动中心，对推动全球风筝事业的蓬勃

发展，增进各国风筝爱好者的友谊，促进世界和平和友好往来发挥了积极的作用。

在一个国际组织前加上如此多定语，是我有些自卑的家乡能做出来的。其实潍坊还有国际领先的肉火烧、朝天锅、青萝卜和生姜、大葱、寿光蔬菜，但说出这些让人更自卑——全是农耕社会的产品。不知为何我们总是自处在一个分了层的世界中，种植农作物在里面等而下之（说起"我是农民"时，既有一种自卑，又有一种刻意为之的质朴）。风筝成了文明社会的一部分，即便它在天空中每一刻都摇摇欲坠。我们下的赌注是，人类将永远愿意仰望天空。

社交媒体上，潍坊风筝一再出现，即便它们不是来自家乡也相当值得一看。有一片天空中飞满海底世界，章鱼、墨鱼尤其多，像伏地魔麾下食死徒那般轻盈，软体动物似乎更适合在天空而非海洋游弋（让人稍微有些出戏的是，此刻小熊和小猪佩奇、嫦娥也掠过天空）。另一片天空飞过去的要正常得多，嫦娥、猪八戒、沙和尚、孙悟空和唐僧，与超人、熊猫、骆驼、小马驹挤在一起。昂贵的飞天茅台，此刻在云端招摇过市，但它的锋芒，被巨型航空母舰盖了下去（如果你仔细端详，这艘航母上还有以假乱真的跑道、战斗机和指挥中心)。年复一年,风筝节不断突破自我,天上的风筝开始出现会动的自行车、总在做鬼脸的人脸、能完成交接仪式的飞船与空间站。在一个感官媒体称霸的时代,终于轮到了潍坊一回。

最早引爆这一切的,似乎是一个"埃及艳后"风筝,她细长的脸颊和身躯罩在黑色的纱里,飘过潍坊的天空,深沉俯视。这位传奇女士曾以惊人的美貌出现在无数银币、雕像和电影中,想必这是第一次被风筝挂在天上。有一天我想家时,在网上买风筝,居然看到这一款卖得相当不赖,它在风筝节备受欢迎后,就飞向了寻常百姓家——二百块钱就能让一个十米长的"埃及艳后"在空中凝视你。如果舍得花六百块,三个"埃及艳后"可以在同一条风筝线上为你列队。

我念念不忘"龙头蜈蚣",国际风筝节也果真没让人失望。记忆中四百米的庞然巨物,多年来一直在变长。到二〇二一年,最新飞上天空的"龙头蜈蚣"有七千多米长。小时候,在一个前后不足四百米长的小村子里,无从想象这个风筝可以有多长。如今我走遍中国,甚至去过许多国家,居然还是无法具体衡量故乡的想象力。它肆意生长,毫无边界,拥有让人称奇的胆识("只要给潍坊人一根绳,他们就能把全世界送上天")。我像一片耀眼星辰中不会发光的星星,像游客而非游子,全然不敢介绍自己来自风筝之乡。时光抽去二十多年后,我还是想在春天找片麦田,为飞不稳的"老鹰"拴条尾巴,边回头边跑着带它越过青杨树。有些事情发生了变化,但也不大要紧——老树被砍光后,小树还不成气候;老狗死在一个可以飞风筝的季节来临前。

纵有炮火袭来

    通往慈母山的路十分难找,冬日乡村草木发灰,岔路口淹没在荒芜田地中。荆棘枯萎,杂草遍地,蒲公英散落,枯木等春天。即便在梦中,我也不会走错路,开着车却一再迷途。过去十五年里,每日清晨打开窗户,第一眼都是这座山。平原本是望不着边的,至此处山包隆起,占据制高点,地平线变成天际线。
    很难找到故地重游的乐趣,一切都变了。山路迷茫自不必说,山的高度也着实让我吃了一惊。我从小视作高山的地方,差不多只有三十米高。一脚油门能到山顶。四处都是没被吹走的蒲公英和漫天飘落的鸭毛。日子走得太快,容易予人惊吓。我迈着蹒跚步迷失山里那年,这只是一座桃花山,想来必有清风相伴,亦有山花烂漫,可我只有四岁，不小心上山，再也找不到回家的路。不知号啕大哭多久，被熟人经过认出来，坐牛车回了家。过去的年月里我反复回到山上，记忆不可尽数，心中常怀庄重，山中桃花盛开时少，蛇鼠匍匐时多，总在这里莫名伤感。夏日里草木遮蔽山体，叶片泛着白色日光。我镇风景，于斯为盛。

制高点唯一的用处是，眼前家乡一马平川。风吹过脸庞，人站在镇子最中央，俯瞰阡陌横平竖直，端的是个平原模样。人们用塑料薄膜盖住田垄，便多了个收获的季节，正午时节土地波光粼粼。农人每时每刻都在劳作，停下来抽袋烟工夫，却最爱取笑城里人苦，"哪像咱老百姓，说干就干，说不干没人管"。然后扛起锄头，一脚深一脚浅去翻土。日子似乎从古至今未曾变过，生活在这片土地上，两天和两个月没有分别。我对暑假记忆十分模糊，能记起的无非是正午烈日晒得白杨叶片翻滚，人们眯着眼一言不发。年前回家，即便路上看到几家火疗店、健康生活馆和音乐震天响的超市，也没感觉哪里有变化。寻常日子本就充满欺骗、奉承和对自己不切实际的幻想，只是人们从不主动承认这一点。向前数二十年，他们的长辈兴许还练过气功。不用再高了，站在慈母山顶，便有隔世之慨。

那些关于日子一成不变的幻想，容易被日子打碎。用不着多少年前，这里曾有个老光棍守着山，山下有两座大墓，埋葬着王修和他的母亲。在本地说起王修，就跟说起邻村老李一样，无须解释。传此人至孝，将母亲埋在山下，后来自己也安葬于此。山因此得名。初中语文老师反复向我们讲过这段故事。他一番考证，把这历史片段发表在了县里报纸副刊上。那张报纸常伴其左右，成为这个老实人罕见的炫耀。后来我在报纸上发表过不知多少文章，他却不曾得见，殊为遗憾。学弟讲起，有一年我给他寄了张明信片，于是老师炫耀清单中便多了张明信片。有一种人，对人有最朴素的爱。这可不是什么平凡无奇的事。

吸引我反复前来的，自然不只登高一望那点快感。姥爷在世时讲过许多故事，如今我对他记忆开始模糊了，但说起往事时那白胡子翕动的模样却历历在目。老头九死一生，有些情节反复陈述，唯独不曾向我讲过他母亲去世那天的情况。最终在不同长辈口中，凑了一幅完整图景。那年日本兵肆虐平原打到镇上，几乎未遇抵抗。正是在我站的地方，侵略者占据了制高点。正规军早已消失无踪影，镇上只剩些游击队。日本人架起火炮，冲着前方连开两炮，以示威慑。太姥姥担心，侵略者来了，孩子们还当街玩耍，便迈着小脚走出家门。其中一发炮弹正中她的身体。日本兵放完炮便下山，一路向西，发现炮弹打中了老百姓。军医匆匆抢救，却已无济于事，于是匆匆离开。那次侵略，全镇就死了一个人，便是十二岁姥爷的母亲。从那年起，他便开始了操劳的一生，带着四个弟弟生活。个中艰辛无从想象，遑论正处战争年代。我记忆中姥爷笑模样多，什么家务活都干得精巧，谋生的营生也多，做豆腐、打火烧、炸油条，无所不能。

击垮这样的人可能并不容易，他漫长的一生连生气都少。弟弟们四散各处，各自开枝散叶，几十年间勉强书信往来。有那么一天他正在村里十字路口摆摊，公共汽车上下来个体面老人，客客气气问"景增家在哪里"，老头笑嘻嘻看着对方说，"我就是"。他弟弟一声"哥"叫出口，便泪如雨下。

这些故事发生时我并不在场，长辈们一遍又一遍指着照片复述。这是家族史诗的泪点和幸福点。日子艰难起来十分具体，几十年里难以跨越，可最终江河入海了，老头在晚年带着幸福的模样，看着我辈拔节生长。我记得清华录取通知书到手后，九十多岁的他带着八十多岁的姥姥和两个马扎，一路从岭上走到我家，三里路走了一个多小时。夏日绿杨阴里，老头白色汗衫纤尘不染，胡子、头发也全白了，笑嘻嘻看着我。生命中为何有那么多回不去的日子。

我们在山顶下车，眼前景致全然不同了。地藏王菩萨像背对山后，披了一件红色斗篷。镇上能人们捐钱，把这里修成庙，供起香火。俯瞰镇子，还是那般模样，雾气蔓延到地平线。去年雨水多，河里流水锵锵，滚涌向前。我带着孩子们穿过枯枝败叶，去寻找日本人在这里留下的战壕和碉堡，传递一段家史。那里曾让我毛骨悚然，无论春夏站在山上都发冷。最终什么也没找到，不可能是走错了路，我曾一遍遍翻越这山峦。养鸭人承包了山，善男信女建起了庙，有人铲走了所剩不多的记忆。鸭毛漫天飞舞，铺满地面，挂在荆棘和桃树上。不用下山也知道，一切当然变了。新的河流袭来，身处北京或是故园并无分别。人们不再分心宏大叙事，而是关心皮肉、味蕾与美颜。只是当我俯瞰家园，发现并无一物可以帮助记忆，人们用推土机、挖掘机一遍遍重整农田，大地面目已全非。多年前炮火曾袭来，弹痕早被抹去了，却从姥爷心中挪到我心中。记忆当然不可靠，可它终究比山丘、故园还是持久了些。

姥娘十年

九年前一个冬日,我被家里的电话匆匆叫回。姥爷去世不足一年,姥娘走了。那真是恍惚的岁月。走到熟悉的院子前,白布高挑,已是一片肃穆。叶未落尽,人已离去。一到门口,鼓声响起。我和姐哭着走进内屋,姥娘躺在那里,长辈们、平辈们跪在那里,哭成一片。鼓声是最后告诉她,又有孩子回来了。

我们是姥娘的孩子,但她膝下儿孙太多,总记不住名字。见了我,说错两次名字是常事。这倒不用介怀,我就两个舅舅,她都经常叫错,北方女人,何必那么精细。大家总爱拿这个开她玩笑。姥娘会跟着笑,然后开始抱怨这都怪我们。直到如今大家也不知道自己错在哪,毕竟姥爷一次都没叫错呀。

听说姥娘出生时家世不错,父亲是一位将军,后来去了台湾。这事无从考证,时间淹没一切。我的记忆中只有老姥娘。老姥娘的村子看上去像她一样老,有一棵几人才能环抱的老树,她总在喂牛,跟牛聊天。万不可指望老姥娘能记住我,看看她女儿。不过有一点让我坚信姥娘出身不错,那就是在这样一个传统上重男轻女的地方,她高高在上,是家中一切情绪的掌控者,没人敢不让伊三分。

姥爷偏偏是我平生见过脾气最好的人。有时我们跟姥爷正在说笑,姥娘不知为何不高兴了,从炕上飘来一句抱怨。他会一言不发,起身填炭,把屋子烧得暖洋洋,给每个人倒水。姥娘怕热,姥爷怕冷。一年有三个季节,姥娘开着风扇,不远处姥爷躲在被子里。两人如水如火,居然一起生活了近六十年。

我们许多孩子,都是姥娘喂大的。听说最艰难的岁月里,一盘炕上睡九个人。姥爷生活所迫,出去做事赚钱,有一次竟数年不归。姥娘在家做饭,把自己的孩子喂大,顺便把远方兄弟送来的孩子喂大,再送回远方。两人老了,帮儿女们把我们这一代喂大。听说我出生时,姥娘在身边,一小勺一小勺往我嘴里喂葡萄糖,等着母亲身体缓过来。我家离姥娘家就三里路,上小学就在她家附近,不知在那吃过多少顿饭。

比起爱抱怨，姥娘更爱笑。说着说着就能笑起来，孩子们也爱跟她开玩笑。老了，眼睛笑出模型一般的皱纹。她胖，一天到晚挺着胸脯昂着头。有她在，有姥爷在，这个家成天乐呵呵的。大家庭几十口人，每个人都喜欢在冬天去姥娘家吃她炖的肉，里面加了木耳和粉皮，在姥爷烧的小炉子上咕嘟一上午，迎来一个个满脸馋意的孩子。我们哈着气，在冬日清晨吃下一碗，这便是念叨了一整年的味蕾。

姥娘边抱怨，边对生活照单全收。她那点抱怨，除了给姥爷耍点小脾气，都是怕孩子们过得不好。我见过很多家庭相处的方式，从未见过有人像她那般护犊子。她为了孩子，能跟所有人翻脸，包括家里人。后来，这个特点传给了娘亲、姐姐……从育儿角度这当然是柄双刃剑，但在那贫弱的年月里，我们得到了无与伦比的温暖。

幸福的人，一生都被童年治愈。我等何其幸运，她的方式，也许不是生活的最优解，却光照艰难岁月。她用全部的爱，笼罩着一个大家族。我们在温暖中度过无数难挨的时光，跟姥娘天天开玩笑，一直到姥爷去世那天。

姥爷活到九十多岁，在他葬礼前夜，每个人聚集到了同一个房间。大家许久未见，后半夜没忍住聊起天。我们这个巨大的家庭，除了开玩笑，似乎不会其他聊天方式。

于是从一声扑哧笑开始，越聊越响亮，最终笑作了一团。

姥娘冲进来，怒吼："你们是要笑死吗？"脸上，却分明是绷不住的笑意。大家拉着她开了会玩笑，就让她去睡了。姥爷离去时是高寿，我们有些心理准备。何况，那会每个人都得高兴点，给姥娘传递些快乐。

然而姥娘终究不快乐。姥爷走后，她回过味来，皱着眉头日复一日。我去看望时，她头发梳向两边，背对窗台。那一刻她又像个大户人家出来的姑娘，而不是饱经风霜的老人了。她孤单而脆弱。见了我，情绪再也掩饰不住。哭着说："怎么没有那个人了……"

我再也没见过姥娘笑。她曾那么爱抱怨姥爷，其实是被姥爷宠了一辈子。每一对夫妻都有自己的相处方式，岁月漫长，他们就是这样走来的。没有姥爷，她不再是那个理直气壮的人，不再逢什么就抱怨，而是孤苦无依，像被掏空了什么。儿孙绕膝，每个人都爱她，却填不上那独一份的爱。大舅在家陪她住了一个月，小舅三天两头回来，孩子们抽空就回来，却也无济于事。姥娘的身体很快滑下去。那时我还没像现在这样，了解很多医学知识，认识最好的医生们。一切都是后来听说的，舅舅妗子们、娘亲和几个姨全力照料，但化疗药摧毁了姥娘最后的力气。最终，在冬天来临之际，姥娘离开了我们。

我第一次真切地感觉到，有些鸟儿不能自己飞，有些人不能自己过。老家人都说女人比男人坚强，男人走了也能照顾好自己。姥娘不行。她一辈子生活在姥爷无微不至的关心里。这么想，特别为她感到难过。一生大部分时候都有依靠，唯独最后的岁月里缺失了。

又是冬天，吃粉皮木耳炖肉的时节，可我们已经九年没吃过。今天是姥娘离开整九年的日子，按照老家习俗，是她十年忌日。我困在北京回不去，姐姐带着母亲回家了，发来的视频里，老家下起瓢泼秋雨。也跟此刻北京一样，阴冷的天气里，残叶满地。刮风下雨，落叶归土，自然规律无人可挡，人生终有去来之时。在无限怀念中，我们农耕人后代，明白那是最自然不过的轮回。但心中又有无限遗憾，假如人还在，我能带她见识多少美丽世界，又能弥补多少她吃过的苦……

去年昨日，也是姥娘忌日前，我去鲁迅故居，看到他曾写过一句，"死者倘不埋在活人心中，那就真真死掉了"。我写下的，只是残言断句。但我想在这个日子写点什么，我不忘，大家不忘，她就永远还在那里，做好饭看着孩子们满院子闹。笑嘻嘻看着。

人生三花

雾霾最重那两天,倍感生灵涂炭。我与一盆枯草对坐无言。几个月前,它花了我二十三块钱和一中午的欣喜。自从哼着歌把它从花圃带回来,便两日一浇水,半日一转头伺候着。办公室背阴,只需给它半小时,就能把头完全转向窗外,吸取一丁点阳光。徒手将花盆转半圈,才能欣赏到亲手付出的钱与心血。再过半小时,它将身姿直立;再有一小时,它会自顾自伸向窗外。此物名唤金钱草,比向日葵更向日,比名字暗示得更势利。

有那么几次我出差,回来总是大惊失色。整盆草趴在盆里,像吃剩倒掉的面条,看起来大限已过。只消浇满水,第二天上班它肯定直立挺拔,趴在窗边看世界。转过来看我,谢谢。一天转它三次才会迎来天黑,我俩坐至深夜，再不见此物翻动旌旗，想来对人造光无感。

我对植物向来有心无力。前一阵去青岛见我爹，此公心情甚是不佳，也不愿多说，沿着空旷的冬日大街，我们走过剧院、广场与别墅区，穿行到无人问津的海边。我以手挡风，为他点上烟，说起从前。我俩在青岛见一回，他就能讲一遍开拖拉机送西瓜的往事。大概就我这年岁时，时速三十公里，开过荒无人烟的路，整个夏天都有挣钱的喜悦。后来我记忆中总有一段走不完的台阶，不知通往哪里。从时间看，应当是我爹出车祸后，家人带着我去城里医院探望。不承想年幼的我上演了一出自行走丢，于是全家人抛下病号，在城里疯狂找孩子。第一次进城便能抢走绝大部分风头，预示了男主人公热爱冒险、不循规蹈矩的一生。

老家房前院内，早种满了花草树木。十来棵柿子树，两棵杏树，两棵李子树，两棵梨树，一棵大白杨（如今已经被砍），两棵无花果，一棵橘子树，一排月季，一排菊花，两排连翘，一棵巨大的芍药（听说举镇皆惊），还有十几种叫不上名来的植物。人脸我都记不住，遑论这些。记忆这玩意是公平的，上大学时一位相识拿了"世界记忆大师"称号，便办个培训班，广告词叫"忘记你 我做不到"。那时心中充满羡慕，此刻忆起，心中悲凉。比之能记,还是能忘幸福些。我爹这个一辈子没务过农的农民,只想记住花草树木。走在青岛街头,霓虹闪烁,路灯不语,忽明忽暗的烟头映衬下,他黑着脸问:"那朵花叫什么名字?"

老头只看得上城里这些花草,下定决心跟本乡同侪差异化竞争。第二天我姐便将父子二人送上了一片荒山,在事情发生前开车离去。城市里山再荒也不似农村,被附近消防队打理成了植物园。乱则乱矣,我爹却满眼欣喜,看看路边花草再看看我。

"咱们只捡地上的,或者找到长歪的掰很短一段枝,不算偷。"毕竟农村老头,此时扭扭捏捏。

"你帮我看人就行。"

正值种熟蒂落之际,我爹负责表达喜爱,我负责用手机查出花名,摘下种子或是掰段花枝塞我爹兜里(真有不当之处,还可满身清白)。一路沿山而上,到山腰处,两人额头冒出细汗,停下来看万山红遍。此行不负所望,我俩走到山下平湖,看眼前山峰倒映其中,蓝天白云下秋日如昨。老头心情好了不少,并非大喜,是这样的时刻让人心生欢喜。

各自回家,我独自面对一整盆枯草。离开太久,势利眼渴死了,一碰碎叶满地,少见如此刚烈之物。据说这玩意是生在渠边的，果真离不开水。那几日我亦相当沉闷，人生怎么有解之不尽的题和无论如何照料都等之不及的草。那盆枯草被弃置一边，只是给其他花草浇水时，往干涸的土里匀一点水，妄想着能再见其挺拔身姿。

时间终究是个好东西，有那么一天跟我爹聊天，发现过去不过是细节累积，变成说不出的苦衷。多年以前，面对生命动荡洪流时，他总在昏暗的夜灯中与我深谈，那些玩意可能并无奇效，日子该怎么难怎么难，影响却绵密悠远。如今终于没有什么人再伸手索要，轮到他了。悲喜自如，不再刻意隐藏。人越老越像一棵亲水植物，不能少了关切。前两日我刚进办公室，便听见自己一声尖叫。那盆金钱草被日复一日的浇灌唤醒残根，此时不再像买来时那般齐整一盆，完全由着性子疯长。你不会认错这盆势利眼的，不过是早上八点半，每一株都已把头转向窗外，望着北风吹晴的蓝天。

像大多数女性一样，母亲爱花，但她年轻时只见过一些不怎么名贵的。变老之前，她能认出的花，大都在地里自行生长。那些野花无须照料，满地都是。作为农民，甚至需要经常铲掉一些花，免得坏了庄稼。

我们在北京一起生活的几个月里，走遍了春天的公园。她难以相信园艺师们能培育出那么美丽的郁金香、西府海棠、樱花和山桃花，兴奋地跟每一种花合影。没当过农民，很难理解种植的快乐。小时候我跟她一起种花生，先是用锄头挖一垄窝，然后她在前面，富有节奏感地往每个窝里扔两粒花生，我在后面用光着的脚丫把每个窝填平。踩着松软、微凉的土，一上午就能种完整块地。我很少到地里去，下次再来，往往会看到一整片绿油油的地，花生秧子已经长成一手那么高，叶片随风摆动。能与之相媲美的，只有春天赊小鸡后的那个月。每年春天，会有人拖着长长的尾音挨个村转："赊小鸡了……"母亲会带着我去挑三十只小鸡，但此时不能给钱，要等小鸡成活之后他再挨个村转一遍，鸡存活率高大家才肯给钱（如此不公居然还能成为一门生意，看来农村并非全是优点）。你将眼看着小鸡从嫩黄的小精灵，变成棱角分明的少年。

如今母亲早已不再种地，她喜欢上了城市里干净、明亮的生活。但看到每一种花，都忍不住问我："这个该怎么种？"我忙不迭地拿出手机，查完念给她听。种花与种地大有不同，她往往听得迷惑。偏偏网上关于种花的经验十分教条，总是具体指出一些技术指标。对一个常年种地的农民来说，种庄稼如同吃饭，是靠本能和经验来做决定的。此刻城市里花团锦簇,她却不知从何入手。

有一天我跟母亲在街上散步,这一带她已十分熟悉,把自己新认识的花挨个指给我看。忽然她停下脚步,我顺着目光看去,发现是地里常见的野花。但此刻它们被种在这里,绵延成一小片花海,跟故乡地里瘦小、孤单的花全然不同。

"这是马扎菜。"母亲十分开心。

我想起来,小时候她经常去地里挖这种菜,回家焯水后凉拌吃。记忆中跟她吃过很多种野菜,马扎菜算是最常吃的,口感记忆犹新。她看着我,露出笑容。我心生疑惑,难道还想采了回去吃?

"我想掐一枝,在你家里种。"母亲说。

"你确定能养活?"问完我才意识到自己有些愚蠢,她跟这玩意打了一辈子交道。

母子二人组成的盗窃团伙,悄悄掐了一根马扎菜,红着脸离开现场。从小,父母最在乎的教育便是不能偷人家东西。在那个年代,一个农村少年开始偷东西,几乎是一切恶的开端。如今轮到我对二人提高警惕。好在他们俩只掐枝不断根,一心想在家种出同样的美。

回家之后,母亲找出一个白色的盆,底下连透气孔都没有,就把这根马扎菜(识别软件提醒,具体名字是大花马齿苋）种了下去，浇够水便再也不管，仿佛这棵马扎菜是老家熟悉的朋友。我只在给其他花浇水时，顺便给它一点。几个月后，不期然间，这玩意长了一整盆。从这时起，它结出紫红色的花。每一朵都只比硬币大一点，但满盆都是。那时的我并不知道，它会一年到头开个不停，在任何季节都绽放。花盆放在一米多高的台子上，这还是我第一次在这么高位置端详原本长在地里的野花。花的模样不算漂亮，但绝不像记忆中那样可有可无，每一片花瓣都卷曲出漂亮的曲线。它干枯过，凋零过，花盆始终没开透气孔，也没人追肥，但总试图探出盆外，视心情对着阳光随便开几朵。日出开放，日落休眠。

我姐家的栀子花即将寿终正寝，谁也无可奈何。它已经走过新世纪以来的时光，对一棵植物来说，这虽然不是什么了不起的成就（毕竟树的寿命看起来无穷无尽），但对一棵栀子花来说，这几乎就是极限。

百科上说："在正常的养护条件下，盆栽的栀子花有十年以上的寿命。在养护条件比较好的情况下，它有三十年以上的寿命。"我想它的养护条件堪称"比较好"。最早，是故乡一位老农所植，它在那户人家里度过了美好的童年、少年和青年时代（一棵植物生在我辈农民家中，如同婴儿生在婚姻美满的贵族家中）。但人不能像植物这样固守城池，养了栀子花十二年后，他需要进城帮孩子照顾下一代。家里唯一放心不下的，是这棵巨大的栀子花。他决定帮花找个好人家，便蹬着三轮车去赶集（在北方农村，五天才有一个集）。找一户可以托付的人家何其艰难，他一集又一集地等，最终有缘人出现了。我红光满面的爹告诉他，自己家业繁盛、子女出息，都在城里高就。老人十分高兴，两百块钱便卖了这盆心头好。

谁也想不到，我爹当天就把这盆花运到了青岛（那位老农为何不这样做？），放在我姐家新买的房子里。阳台上摆满了花，但这棵大栀子花可称雄。窗前是一片大草地，青岛雨水众多，草木丰茂，是一个好去处。栀子花度过了有限的适应期，便在海边咸湿的风中摇曳生长起来。每到花开时节，全家人便爱围着它转，任其沁香扑鼻（它的邻居昙花，每隔一两年才能被看到开一次花，总让人在情感上陷入两难）。栀子花的香味十分清新，它吸引你走过去，而不是自行洒满整个屋子。

父母进城后，这盆栀子花便迎来了新使命。他们对植物的要求和对孩子们十分相似：开枝散叶。扦插栀子花很简单，剪下一根枝，插在水里半个月，生出根来便种到土里去。用这种方式，这棵老栀子花在我哥家孕育出了四盆。问题在于，二老希望每个孩子家都能开枝散叶。前年带我爹从青岛来北京那天，他一早就剪下了花枝，插在矿泉水瓶里，带着已经绽放的白色花朵。这就是解决方案，从此刻开始的半个月，无论旅途颠簸还是异乡寂寞，这根花枝都要咬牙让自己生根，最终扎根在繁华的首都。一路上，我们小心翼翼捧着水瓶。在安检处出了一点小问题，需要把水倒掉，进去之后再到卫生间接满水，然后继续捧着水瓶、拖着行李箱前进，等在人群最后登上了火车。我爹是个天生的外交官，见了陌生人总想聊两句。乘务员小姐来发水和零食的时候，看到他一心摆弄手里的塑料袋，好奇地关心了一句。我爹十分兴奋地打开袋子，展示半个月后的帝都花魁。乘务员回之以微笑。没想到我爹站起来，把花举到她前面。

"你闻闻，香不香？"

乘务员一愣，刚要随口回一句，我爹热切地看着她说："先闻闻。"

乘务员鼻子凑到花跟前，嗅了很大一会。显然，她很喜欢这种香味。两人十分开心地聊起了种花。但她还有几节车厢要去，没过多久便结束了谈话。

"你看，城里人对这个花都很感兴趣。"我爹笑着说。我一时不知结论从何而来。

第一次扦插，经验十分不足。这根花枝如期生出了根，却并未存活下来。再次回家时是一个深秋，心里早就忘了这茬。离开青岛那天天光未亮，我们顶着惺忪睡眼吃了顿饺子（无论几点离开山东，都需要这样一顿饭），然后看见爹妈拿来两个装满水的矿泉水瓶，每个都插了根花枝。

"我怎么能每次都拿着装满了水、开着口的瓶子上火车？"一想到即将开始的旅途，有些头大。

"那给你倒掉一半。"我爹转身就去倒水。

对话在此刻已然无效，我们收拾好行囊，抓着瓶子便出发了。最终，两根花枝中的一根扦插成功，判断依据是那根枝在土里始终没有枯萎。于是我两日一浇水，去楼下捡来松枝铺在土里，又到远处挖了些沙土掺杂其中，创造了一个既松软又酸性、既阳光充足又供水及时的环境。远方两位农业专家，每星期都在电话里具体指导。这是从花圃抱回一盆花时体会不到的心情，等待过程颇似为人父母。我们日复一日紧张地看着花盆，心里清楚，灰色的土里也许悄悄酝酿着一座火山。最终爆发那天，灰色的花枝上果真冒出豌豆大的嫩芽。

如果在晴日,走进胡同

北京的一切景色都得从景山开始讲起。经过一棵传闻中吊死了崇祯帝的槐树,你会浑身一冷,尽管槐树是假的,故事也是假的。从这里出发,经过四季阴冷的北坡,你爬到景山之巅。此时没耗多少体力,这座小山所有的土,都是从环绕紫禁城的护城河中掘出来的。大河再深,也不能成就高山。

到了低矮的山顶,你会禁不住"哇"出来。这世上有无数高处的风景,却没有一处可以与此相提并论。只消站在四十三米高,便拥有一座古城的沧桑岁月。游客们——通常是外地人——举起相机和手机,拍下几乎一模一样的照片,插空找个没人的地方留影。大部分时候,太阳高悬头顶,拍下来的照片要么一团黑,要么一团白。这无妨,人们在眼睛里看到了难以置信的美，便决定让相机一试。

　　此时你开始端详北京。景山之南，故宫九千多间房子四四方方地铺展开来，明宫戏、清宫戏都在这里上演过，但此刻它静谧无声，一层难以言说的雾气笼罩在宫殿深处。黄色的琉璃瓦与红色的墙，繁复的角楼与大差不差的房舍，只在此处一览无余，尽管依旧神秘而深沉。每两个北京本地人中，总能找到一个未曾进入故宫。但每一个来北京的中国人，都至少为进宫做过计划。它只不过六百多岁，却有了永恒的魅力。从这里自南向北画一条线，故宫左右对称，景山左右对称，轴线绵延百里，便成了一座对称的城市。想象一座可以折叠起来的城市，老北京设计者野心勃勃。

　　环故宫一周，皆是知名去处。最难以融入其中的，可能是国家大剧院。尽管近处看、进去看，这座建筑设计宏伟而轻盈，是难得的艺术殿堂，但放在城市天际线上，却像一抹难言之隐。在无数木结构宫殿与砖石礼堂中间，它反射着一天中所有时刻的光。到夜里，这里有北京最多的演出，歌剧、舞剧、音乐剧、话剧，艺术为它赢得了一席之地、一丝喘息。我在这里听过马友友，看过一部又一部话剧，在高耸的穹顶之下，为长长的演出四处寻找卫生间。剧场像一座通往无数城市的火车站，每个大门背后是一个方向。你一定会在剧场中经历失望的时刻，期待已久的话剧索然无味，于是离开座位时便开始喋喋不休，将一腔不满说到家门口。那天夜里你会忘了其他一切如何流动，忘了自己如何入睡。艺术在此刻同样捕获着你的心，只要你看得够多，日子足够漫长，那不满的味蕾终有一日在其他地方得到补偿。

从景山看，北京是座块状城市。高耸入云的那片大楼，是过去三十多年疯狂长出来的，最高那几栋是过去五年同时出现的。北京几千年历史上，不曾有过比景山更高的建筑。如今最高的"中国尊"高达五百二十八米，与城西香山最高峰"鬼见愁"并峙。在这座建筑拔节生长时，二〇一七年，我忍不住好奇，上去待了两天。建筑工地发下来一整套工具和服装。我穿着亮绿色的反光棉服，戴着一顶红色头盔，腰上缠了长长的绳索，站在尚未装修的电梯里，直冲云霄。那时它刚过四百米高。正是即将复苏的春日，街上迎面吹来略显清冷的风。我同工友们站在楼顶，仪器显示最大风力近九级，风迅速吹透了棉服，但似乎控制着温度不让人绝望。机器一刻不停地轰鸣，将楼面缓缓抬升，一天就能提高三米。建设一座摩天大楼似乎也没那么难。厕所在楼顶一个简易棚子里，随大楼日升三米。见我蹒跚而来，顶着大风走进铁皮垒就的厕所,一位工友腼腆地安慰:"至少你现在是北京尿得最高的人。"那一刻我再也不觉寒冷,而是以十足的庄重感,在大风中完成了一桩仪式。

  不能就此陷入回忆,生活十几年后,在北京每一片区域都留下了痕迹,但我们要说的是胡同。新闻里说,北京依然存有上千条胡同。站在景山北坡,看到城北布满灰色瓦片,一直蔓延到远处,被浅黄色、暗橙色与白色相间的居民楼止住脚步。现代化曾以扼杀传统为乐,如今以拥有传统为荣。靠近城中心的建筑,过去都曾是胡同,一条街上总有几座像样的四合院,如今布满医院、商场和一家又一家单位。留下来的胡同,街面宽大、建筑挺拔,隐隐存有旧时威严。从协和医院东院出发,沿着西总布胡同一路向东,终点便是"中国尊"。这一路向远处看如同瞥见未来,蓝天之下高楼直入云间。向近处看不时偶遇过去,在一座青砖小楼上,繁体字"寶善堂"依然清晰,这是民国时的一家药店,主打产品"萬靈筋骨膏""張氏追風丸"还写在墙上。据说当年药店开风气之先,到处打广告。时光偶然会有温柔的一面,让它经历漫长岁月后,成为胡同记忆里不可多得的另一种广告。

  其实无须远离景山,便能走进胡同深处。从景山西门出来,沿第一条胡同走到尽头,会遇见一家旧理发馆、一家馒头店和两个晒太阳的老人，然后你走进胡同尽头那个稍稍收拾过的大门。此时最好是个秋日，屋里有些冷清，服务员也不热情。要坚持去二楼吃饭，踩着摇摇晃晃的铁梯子，一步一步爬到房顶，眼前豁然开朗。此刻你在整个北京的胡同中心，看着灰色瓦片像浪花般涌来。不远处便是北海公园白塔，无论是个什么天气，它都闪着白色的、不容侵犯的光，立在一座蓝色的湖中心。需要点一个大铜锅、五六盘羊肉、两盘牛肉、一份麻酱烧饼、一盘大白菜、一份青笋、一篮子蔬菜，每个朋友一份麻酱碟，里面拌了韭花、腐竹、葱花、香菜和细细的花生碎。实在喝不惯辛辣的二锅头，便点几瓶绿棒子啤酒。桌椅是凑出来的，地面不甚整洁，但此刻你属于胡同，轻易便理解了一切。这里承载过我跟朋友们太多欢乐的记忆。总有外地朋友想要一次老北京味道的旅行，理想路线是，我们从东华门出发，经午门穿过故宫重重宫殿，走上景山俯瞰一切，最终走进景山小院，喝到下午三四点，看着阳光普照京城与岁月，晕晕乎乎地下楼。随便找个什么地方买串糖葫芦，最终在地安门、鼓楼或者任何一个走累了的地方道别。快乐总是周而复始，又戛然而止。如今小院消失了，胡同尽头是一扇紧闭的门。

胡同更像村庄而非城市。人们住在平房，穿着家里的衣服便走到街上。街道成了客厅的一部分，只有在这里才能自由自在地晒着太阳聊天。屋里太局促了。我一次次进胡同里做客，总要小心翼翼地落座，生怕踢倒点什么，引发多米诺骨牌。走在北京东城、西城的大街上，你很容易感慨，生而为人当历此繁华。那些厚实的建筑前后豪车穿梭，开在高层建筑里的餐馆人均数千元，爱马仕、LV与香奈儿的标志闪着光，像永不落幕的演出。胡同深藏其中，最常见的是大杂院，门厅处便看到院里挂满衣服，一棵老树陪伴着五六户人家，空间被利用到极致，毫无美感的砖墙勾勒出几平方米不可或缺的富余。只在这里，有我熟悉的社会样态。人们彼此了解，互相执掌对方一肚子八卦。住了一辈子的院子满是矛盾，但谁也离不开。熟人社会是人类即将遗失的发明，像很多传统一样，难言是好是坏。最后一代胡同杂居者，将如离开故土的农民一样，咒骂着过去的苦日子奔向明亮而孤独的人生。

万不可小瞧这逼仄空间里沉默无语的人。北京之外，日子是条不一样的河。我辈日出而作日落而息，沿袭几千年来的耕作传统，糊口而已。但胡同里躁动的年轻人，却创作了数之不尽的小说、电影和音乐。似乎每一代作家、艺术家，都要在生命中的某个时刻来到北京，进入一条又一条胡同。如今这样的日子少了，过去在隆福寺附近溜达，走进一家胡同里的云南菜馆，会发现菜品马马虎虎，人却越聚越多。很少见这样的餐馆，隆重地摆了把吉他，到了夜里漂流在北京的歌手们逐一开嗓。人们回忆着，这个舞台曾走出一串响当当的名字。正是从在一个小酒吧、小饭馆卖唱开始，他们面对陌生的、一脸期待的、热爱未知的、懂行的观众，从家乡带来的音乐跨越千山万水，有了遥远的共鸣。如果不走到这里，歌手们或许会在小地方被磨平或是磨灭，但从走进北京那天起，命运便以公平的面貌示人。即便无人欣赏，至少不会被饶有兴趣地打击。今时今日休要妄想偶遇未来巨星，如今的新星在资本和饭圈共同吹起的泡泡里，胡同不再拥有那般温暖的怀抱，承载一个个穷艺术家狂野的梦。

同每一个拥有老街的城市一样，北京忙不迭地打造了几条游客胡同。南锣鼓巷、后海承载了重任，街上卖着丽江、大理、平遥和拉萨都在卖的小玩意，面向湖面的房子被改成酒吧，无数年轻歌手在此驻场，但不再有原创音乐，只唱街头情歌。它们失去了真正的胡同爱好者。即便在景区，也不是每户人家都愿意打开门做生意，走不了几步，便有门上贴了"私宅勿入"。依然有住户坚守于此，只在深夜享受片刻安宁。一个夏日夜晚，我穿过南锣鼓巷的人海，到北锣鼓巷漫步。一家叫"秋刀鱼の味"的日料店里，养了只黏人的大狗。它在每一位来客脚下匍匐前进，但凡看到一丝友善，便竭尽所能投怀送抱。人们抱着它拍照，抚摸它毛色光滑的大脑袋，跟店老板——一个总在跟顾客聊天的中年人——聊这只大狗。一切看上去如此优雅而平和，直到客人结账出门的那一刻，大狗依依不舍相随，门一开条缝它便冲出去，背后是老板失了态的骂声。从头到尾，这便是两个故事，那只狗从未将自己当宠物看。它牺牲自己的名节，完成一次次胜利逃亡，直到饿得饥肠辘辘才悻悻归来。失去多少尊严可以换取自由，平衡点在哪里？不用非得去法学院课堂，可以到胡同里去找一条经验丰富的狗。

无论多欢实的胡同，入夜后都会寂静无声。一块雕了花的墙砖在灯光下凝眉不语，它可能曾在清代某个大户人家门口待过一些年月，后来那座房子湮灭在了时光中，它得以幸存。如今，一家饭店想重塑胡同魅力，便收集了一块块像这样的旧物，在新砖、新水泥堆积而成的仿古建筑中，旧墙砖一夫当关。夜晚的沉默在十点钟被准时打破，醉醺醺的客人们吵着嚷着推门而出。所有人围拱在一个中年男人周围，一辆等了整夜的汽车发动，远光灯打到胡同尽头。那个男人上车后，人群站在原地挥手，直到车消失于茫茫夜色，才向两边散去，各自走出胡同寻找回家的路。墙砖和胡同一道恢复了寂静。

　　胡同里若有个大四合院，对其他房子有失公允。你很容易走向这座深宅大院，透过门缝窥探高墙内的风景。如同北方所有大院一样，四合院庭院深深、拒人于外，即便深入其中，每间房子也有着不可随意冒犯的等级。你只需要走进几个大人物、名人住过的四合院，便可对曾经的等级了然于心。偏屋、正房各司其职。他们中大部分人都跟太太分房而居，有的甚至在偌大的院子里相隔甚远。说来奇怪，我有限的记忆中，还没记得谁跟太太分享同一个卧室，可能成为大人物后，人会在半夜露出真容——需要整整一间屋子才能盛得下的、巨大的自我。

　　也有对胡同文化最后的努力。来自南方的艺术家似乎格外热爱重新设计胡同，按照现代理念打造四合院。他们心细如发，首先改掉了胡同让人生理不适的部分，比如无论冬夏都要去公共厕所。我走入一家新修的大院，听一头灰发的设计师讲了整整一上午。最终我听懂的部分是，除了高墙与青石板地面，一切都变了。眼前这个建筑顶上盖了一整层玻璃，门框变成了原来的两倍高，窗户多了三倍。我看着从空中垂下的灯、墙角弯着头的台灯、墙边若隐若现的轮廓灯和垂直射在桌面上的顶灯，屋里摆放着鲜花、绿植、尖腿椅子、皮质沙发、铁艺架子。如果这个房子被叫作四合院，是对四合院的冒犯。任何一栋房子都可以改造成这般模样，不如干脆造一座玻璃房子，或是一座亮丽的、现代感十足的建筑。设计师用骄傲的眼神看着我，期待一个评价。

"感觉怎么样？"

"光太多了。"我如实以告。双方陷入短暂的沉默。

就在它不远处，一栋同样改造过的房子变成了书店。这次主角不是玻璃，而是竖条百叶窗，整栋房子的中间地带都被抠成了窗户。阳光洒进来的确很美，年轻人相约至此，拍出一张又一张照片，但没有一张像在旧时建筑中，反倒像现代设计对传统的嘲弄。四合院里出现了无数漂亮的民宿，它们有浅色的原木、白色的小石子、占满整面墙的玻璃窗、细细的竹林、波希米亚风的装饰、包豪斯风格的家具，一切都适合社交媒体分享。四合院是个沉重的建筑，把它变轻盈会让人开心些，但开心不是世上唯一重要的事。

我在另一个漂亮的传统四合院中，居然见到了地下室。一层是酒吧，另一层是电影院。买下它的富豪在这里办了一场又一场派对。他的管家，一个意大利留学归来的年轻男人，用意大利口音跟大家开着轻妙的玩笑。此刻你在北京，又好像不在。你不在都灵城，却又好像在。四合院埋藏过足够多秘密，电影《老炮儿》中，一只鸵鸟从四合院中偷偷溜走，冲到了马路上，与汽车一通赛跑。真实的四合院比电影中狂野，也许没有谁养过鸵鸟，但一定有人见过不可计数的、野兽般的人类。

北京是一座结构鲜明的城市。从东三环到西三环，一路光影流转，如同置身角色扮演游戏，出发时还被资本新贵包围，堵两次车的工夫，就已进入灰色的部委群落。外地人奔流不息地拥入，将城市建设成高楼的海洋。我住在东三环外，偶尔会在出租车上听司机陷入回忆："您那块儿早些年我老去，种了一片麦子，我们拉货去通县经过的次数多了。"如今我站在六条车道的朝阳路上，看着不远处世界销售额第一的商场霓虹闪烁，想象小时候脚踩在麦田上玩耍时，或许这里也是一片麦田。这代北京人经历过沧海桑田。不可避免，过去的回忆有了诗意，胡同里打架的痞子变成了仗义执言的牛仔，旧日里吃人的规矩在消亡之际变成了美好的挽歌。一次又一次地，我在话剧、电影里看到老北京人如此表达，就像伍迪·艾伦一拍纽约，就能变得保守、排外而迷恋。

来我家修下水道的师傅，对楼下专程赶上来提意见的本地大爷颇为不满，关上门对我压低了声音说，他们就是瞧不起外地人。我点头迎合，试图让他不那么委屈，却又觉得不完全是这么回事。老北京人同我老家热心的乡亲们无甚区别，要说有，可能北京话自带一股自信过头的劲，一股今不如昔、曾经沧海难为水的情绪。就连寒冷，也是过去的更好。一个冬日，瘫坐在驾驶座上的胖司机冲我抱怨，如今的人实在娇气，"我小的时候大家耳朵上都冻出了疮，可是那才叫北京的冬天"。说这话时他气喘如牛，下巴上的肉盖住了脖子，肚子上的肉垂向大腿，我不信他真愿意回到过去，车里暖气开得很足，若非路程很短，我差点脱掉毛衣。

最初造北京时，一定是造物主从城中心投了颗石子，波纹在地面上荡漾。这座城市像是欧式几何强迫症患者的作品，老城东西对称、四四方方，然后一环又一环地扩将出去。你很容易为每一条胡同找到坐标。北京不像重庆有三维，不像武汉、上海有大江穿城而过，不像任何一个沿海城市偏向海边，它规整得像规矩本身。

北京城严谨的结构，背后是自上而下贯通的、不容置疑的秩序。从布局看，胡同被纳入其中。就连胡同的名字，都有着森严的等级。国子监街、禄米仓胡同，一听便是王侯将相宁有种；炒豆胡同、杨梅竹斜街，一看就知道是干什么的；雨儿胡同、菊儿胡同，带着全国人民都熟悉的儿化音；至于东四十条、崇文门内大街，则是城市布局的活化石。即便如此，胡同在自己的地盘里是自由的。没有人关心胡同本身是否如此井然有序，它被允许在一条条直线上自我创作。一千条胡同真的有一千种模样，人类向来如此。

  站在胡同里向外张望，天空中遍是高层建筑的上半身。东二环内有座智化寺，明代太监王振的家庙，琉璃瓦一反常态，全是黑色。站在这里透过密密麻麻的电线，能看见著名设计师扎哈·哈迪德（Zaha Hadid）设计的银河SOHO。如果我住在这附近的胡同中，居所同两百年前的人一样，眼前是人类设计师对未来的畅想，每天的生活会变成一部寓言、一曲战歌。在我生活的附近，也有这般景象。驳杂的巷子里，立着三盏灯。一盏灯在小卖部，老板娘嗑着瓜子看着不远处另一盏灯，男人们在灯下彻夜打牌，伴着几瓶啤酒，声音越来越高亢。第三盏灯照着一个低矮的麻辣烫摊，人们拿一个套了塑料袋的铁盘子，倒上一点麻酱，从一直在加热的麻辣烫池子中取出一串又一串加工肉和蔬菜，最终结账靠数竹签。塑料椅子大约只有三四十厘米高，人蹲在上面像坐在尘埃里吃饭。抬头看不远处是CBD，一位摄影师选了这个地方，拍下一张照片广为流传。昏黄的灯光下，三轮代步车、自行车依次排往远方，红灯笼扎在了胡同口带来些许喜庆，密密麻麻的电线和落净叶子的树枝交杂，将目光引向楼体通明的几栋超高层建筑，在胡同映衬之下，它们看上去更为梦幻了。一位朋友将此情此景称作"赛博朋克"，因为它看上去如此符合"低生活、高科技"。

在北京长久地生活，怎能不爱胡同。任何一栋新建筑都比它高，却未必活得更久。眼见它起高楼，是一场价值观与时间的对赌。站在胡同里让人安心，它匍匐在大地上而不是高傲地俯瞰，它允许人们坐在地面上尽情地享受一顿麻辣烫、一场无休无止的牌，而不是端起架子，喝下一杯杯言不由衷的酒。它看着人们远离自己，住到比自己高的房子里，用防盗门和密码锁将邻里拒之门外。

北京下第一场雪那天，我按图索骥去了老舍故居。他是个标准的胡同子弟，出生在最穷苦年代的底层，以有限而灿烂的人生留下了无数文字，最终成为"老北京"代言人。故居在丰富胡同。一九五〇年，老舍回国之后置办了这个院子。三年后他在这里种下两棵柿子树，夫人胡絜青把小院称作丹柿小院。老舍在这里度过了最后的十六年。

老舍买下的院子不大，想必原来的主人也非大富大贵。说起来我十分喜欢这个院子，它与我农村老家的房子一样，坐西朝东，都能在清晨迎来第一缕阳光。雪后，房顶上残存着白色的帽子。两棵柿子树如今正当好年华，比屋顶高了大半截。纷乱的枝杈上，依然留着这年秋天结出的红柿子，像刻意挂上的小灯笼。没有人把柿子打下来吃，最早我以为只是审美需求，柿子在中国人概念中象征红红火火。后来有人专门解释，其实留在树上的柿子，可以帮助群鸟过冬。城市的冬天，对鸟来说食物乏善可陈。据说老舍爱花，在这个院子里养了超过一百种不同的花，如今时光湮灭了一时的美丽，留下丹柿两株。作家用在养花上的所有心力都消散不见，只有书桌前写下的字长存。旧居里的展览，尽可能多地列出了老舍的一生。在著名的《茶馆》《龙须沟》《四世同堂》《骆驼祥子》之外，他扮演了中国文化大使形象。喇叭中，重复播放着这位"老北京"当年为英国人朗读中文识字课本的声音，一字一句、字正腔圆。展柜里，摆放着在他帮助下完成的英译本《金瓶梅》。

即便老舍也没能例外，跟夫人分房而卧。正中间是男主人的客厅和卧室，在其左手边是胡絜青的卧室和画室

(她是齐白石的弟子)。漫长的岁月里,长久的幸福难寻,争执的矛盾长存。关于这对夫妻最大的争议在于,老舍自杀那天,她消失不见,没有尽到一位妻子的责任。无数人往最坏的方向猜测,甚至有人认为胡推动了他的自杀。我在画室中,看到了一幅清秀的字,是她八十岁时写的一首诗,按时间线回顾了跌宕起伏的一生。其中有这么一句,"伤心京华太平水,湖底竭时泪不干"。写到这里,整幅字出现了唯一一处、一个字大小的空白。她本意或许想表达,这是一个转折点,人生至此行至中途。诗的最后一句中她写道,"留得絜品答舍予,雨后青山别样蓝"。容我啰唆一句,她名字中的"絜"字本就通"洁"字,舍予则是老舍先生的本名。我久久地盯着这两句,想象无论当时发生过什么,老舍先生亲自看到这两句,会做何感想。

  胡同里的故事,实在太过繁复,同所有其他地方的故事一样,毛线早就扯成了毛球。胡絜青还活着的时候,把这座当时已经被列为文物的院落卖给政府。她出席了小院的交接仪式,代表北京市接收的是当时的文物局局长单霁翔。如今我们能走进小院,要归功于她,老舍先生只是种下了柿子树和鲜花。人生如此漫长,最后说不定由谁来做决定。

在所有对胡同的改造中，未经改造的部分通常让人眷恋。北京对破败不堪的大栅栏动了一番惊人的手脚，旧世界突然消失，原地立起一个致敬旧世界的新世界。站在其中很容易迷惑，从全世界最大的星巴克之一到无印良品旗舰店，再到满大街一模一样的小吃店，它们像复制粘贴一样绵延了几公里。策划这一切的人显然付出了极大的心力，但巨大的商圈铺开之后，难免变成了一个雅俗不赏的商业街，以胡同的名义。

几乎一成不变的门框胡同就此变得格外珍贵。每次来到大栅栏，我都想去门框胡同透透气。它窄得只有一线天，不容许汽车那么庞大的东西钻进去，好像也趁机挡住了现代文明。胡同中间两米多高处拦了一道长条石板，上面架着一座小小的火神庙。从远处看，这里的确长得像个门框。早些年，义和团进入北京后点燃了大栅栏一家卖洋药的药房，大火随着木质结构的房子蔓延，烧掉了几乎整个大栅栏地区。门框胡同幸免于难，人们将其归功于这个火神庙，于是商户们初一、十五便来拜火神，在信仰的力量支撑下，火神庙留到现在。其他店铺没那么幸运，它们大部分消失了，留下一幅幅后人做的浮雕，纪念这条全北京最著名的小吃街。浮雕上展示着当年的商贩和食客们，时值疫情期间，有人为砖雕上的几个老头戴上了蓝色口罩，难以言喻的合适。如果你对饭店如何起名感兴趣，门框胡同提供了一种一劳永逸的模式，年糕王、豌豆黄宛、油酥火烧刘、馅饼陆、爆肚杨、厨子杨、年糕杨、豆腐脑白、爆肚冯、奶酪魏、炒火烧沙、包子杨，曾在这条街上此起彼伏地叫卖过。本店卖什么、店主姓什么，没有比这更科学的起名方式了，这么好的传统文化没保持，是鄙国餐饮界重大损失。

即便在门框胡同，也找不到任何一家这样的招牌了。只能找到"门框胡同百年卤煮"。卤煮是人类美食界的一桩惨胜，一只巨大的铁锅里，煮满了猪大肠、猪肺，于我而言简直是猪可怜的皮肤内裹挟的一切，还有炸豆腐和火烧。厨师手里拿着一把大刀，切完猪的一切后正好扔满一碗，放上香菜和蒜末，从锅里捞出汤汁倒进去，现在你手里有了一碗百年卤煮。每次遇见这家卤煮我都停下来吃一碗，如饥似渴地吃掉猪内脏的馈赠，但留下所有内脏。老北京小吃若有什么显著特点，那便是浓重的内脏情结。著名饮食，或多或少都与内脏沾点边，炒肝、炸灌肠、爆肚，恕我未曾亲口尝试，不能一一列举。我倾向于认为一切都与权力结构相关。过去王公贵族吃饭，厨师很可能把内脏掏出来弃之一旁，院墙之外的老百姓，在穷困的生活中，便有了一个稳定的蛋白质和脂肪来源。

他们用无穷尽的智慧，让内脏拥有了无限可能性。我太热爱卤煮火烧的汤和火烧了，但对内脏依然提不起任何胃口，只能像个王公贵族一样，吃完剩下大半碗内脏，即便如此仍然乐此不疲，一次次去尝试。卤煮在舌尖时，总能感觉天大地大，人间不过这一碗大。

如今胡同里的饮食，与那个年代渐行渐远了。最典型的可能是五道营胡同，从街口昂贵的米其林星级餐厅开始，越南粉、德国肘子、西班牙海鲜饭、墨西哥塔可、泰国菜一字排开，每一家都有个让人不知所措的名字。比起门框胡同，人们更爱去五道营胡同；比起门框胡同，人们甚至更爱去半分钟脚程外重新修建的大栅栏商区；比起任何胡同，人们更爱去装修得现代而明亮的街区。我们身处一个变化了的时代，无须装作此刻还是两百年前。我对过去没有丁点乡愁，只是希望它能或多或少留下些什么，一碗醇厚的卤煮老汤或是一个戴了口罩的当街小贩。

胡同已经有了足够多遗憾，它存在过太久的时间，久到千年不息。我们耳闻目睹的遗憾，在时间面前似乎并不那么要紧。即便如此，我总觉得时至如今，胡同只剩了躯壳，它可以是任何一家餐馆，任何一座艺术馆，任何一座豪宅，却不再是家园。人们正在离开它。一个旧时代的符号被缓缓替代，才会被当成文物。寻常生活变成了记忆，便不复寻常。最早出现的胡同里，甚至有了胡同博物馆。从来都是这样，一旦被写入历史，就在走向历史。打胡同口往里一望，只剩下白鸽飞向天空时，无论多远都能找到回家的路。

念出台词时你浑然不觉

日子比想象中冷多了。我穿着薄大衣和靴子踏在冷风吹起的落叶长街,身形修长而飘逸,仿若有镜头相伴,走得很是铿锵。并没有什么人出现在此时此地,欣赏我冷若冰霜的外表下那颗温暖世界的心。只走了五分钟,我便冲回去换上长羽绒服,戴上厚厚的手套和围巾,低着头重新穿过这条街。镜头此刻跟随的是一头缩着脖子的熊。

长路尽头是常去的日料店,屋子里一堆炭火永不熄灭。日料店最贴心之处,便是总有一人位。日本文化太了解孤独这回事。我吃完了两顿饭的量,明白这一天只需要这一餐。年龄开始在身体上显现,似乎一切都有了边界,饭量尤其如此。再年轻几岁时,走路都有些不耐烦,全是小跑。相比起一生,此刻年龄倒还不大,不过足以理解人生这不会止歇的变化。

一队男人在西装笼罩下鱼贯而入,走向大厦深处。即便隔着玻璃,也看出并非银行职员。个个身强体壮。在北京或任何一个城市生活,需要学会的第一件事就是不关心,过了没几秒我便开始思索这一年该如何结束。实在不是让人眷恋的年份。大厦迟迟未能建成,内心却有将倾之虞。去年此时刚从零下四十多度的边境线回到北京,感觉不似今年这般冷清。我还记得二〇〇八年,长江边冻得人生无可恋,也比现在好些。最终为那一冬画下句号的是,在一份课程考试中弃笔而去,爱多少分就多少分吧。最终大学念得也算不赖,带着只挂了一科和从未获得奖学金的记录离开武汉,心知肚明不想进入生命中那些画地而成之牢。无人许诺未来,才是年轻人的幸事。

不远处音乐躁动,霓虹闪烁。顺着好奇前去,发现新开了家拳馆。所有黑衣人都挤在拳台附近,此刻队形不再整齐,人人目光游移,脚步闲散,等着被指派个什么事儿干。拳台边拉起横幅,海报上说这个下午会有整整十二场业余对抗赛,欢迎观看。我找了把椅子坐下来,心里暗自惊讶。其实午饭前百无聊赖时,我恰好花了点时间搜索附近哪里有拳馆,实不相瞒拳击是多年来最想学的运动。如今拳馆装修得像模像样摆在面前,还准备了许多场比赛免费观看。生活有时稍显刻意。

等待很是漫长，主办方对待这场业余赛的态度让人肃然起敬。伶牙俐齿的女主持人甚至先组织了一场彩排。三位举牌女郎穿着短裙和高跟鞋轮番上台，兴许都是第一次上拳击台，从缝隙间挤上台费了番力气，挤下去时各自踉跄。我前排坐着一位练家子模样的外国人，索性一起聊天打发时间。此公是巴西人，英语难言理想，最终我俩靠着"内马尔""库蒂尼奥"之类的球员名字磕磕巴巴聊成一串，互相传递友善。他胸肌壮阔，大臂紧实，在拳馆里教巴西柔术与MMA，说起学生水平，用词始终非常谨慎，似乎实在夸不出口。

彩排之后，拳台灯火通明，场下一片漆黑。这是场泰拳赛。几束光闪烁着游荡在全场，第一名蓝角选手挥着拳头跳将向前，一脸凶狠。从我的角度看，场面有些滑稽，矮小的参赛者看起来也就五六十公斤，主持人报出他年龄只有十六岁。与其对阵的红角选手则高了整整八厘米，年龄大了十一岁，带着一脸沉重与谦逊上台。十六岁少年异常凶狠，对拳之后，一路猛冲向前。拳怕少壮！红角选手花了些时间稳住，节节后退之余，开始屡屡偷袭。时间不长，年龄便给了少年一课，他猛冲的拳路尽在对手眼中，对手灵巧避开后便用长臂优势打回去。年轻的肉体活力四射，却在一对长臂织就的网中苦苦挣扎，无从还手。两回合下来，两人都趴在栏杆边大口喘气。红方胜。

第二场依然是泰拳赛。最先出场的蓝角选手是个英俊少年，一脸兴奋地跳上台去。不知为何，后出场者总感觉沉稳些。红蓝双方都是十八岁、五十七公斤级。依然是蓝角率先发难，一阵猛冲。红方并不挑衅，只是时不时抬腿来一脚，身体热络之后接连出腿，甚至耍了一脚转身侧踹，直中面门。事情再明显不过了，两人都非常热爱泰拳，只是天赋有别。业余赛想必奖金寥寥，无须谨慎，两人拳脚大开大合，很快脸上都挂了彩。结果并无悬念，红角选手获胜后，英俊的蓝角上来给了他一个拥抱，面带笑容。家教相当不赖。

请读者稍作忍耐，说完第三场就不谈比赛了。说来的确人各有异，同一重量级里，有人身高臂长，有人肌肉粗壮，优势、劣势总互相转换。矮胖的依然是蓝角选手，只有十七岁，冲起来像头小牛犊。红角选手希望用好臂展优势，跳将起来俯冲一拳，被矮胖少年顶住攻势几拳击退，只好陷入防范。比赛中裁判叫了两次暂停，提醒红角选手莫再攻击对方裆部。伴着矮胖少年把对手数次击翻在地，肌肉总算赢了身高一次，蓝色总算赢了红色一次。

颁奖环节相当滑稽，选手们戴着拳套接过不甚庄重的玻璃奖杯。类似玩意我也获得过不少，想必都是附近礼品店采购而来。获奖者只能两拳套并拢，紧紧夹着奖杯走下拳台，摄像机始终跟随。组织得相当像回事。

其实我的健身房就在一百米外。办卡两年，去的次数肯定比去火锅店少（朋友们都知道我是如此讨厌火锅）。当初为表诚心，还特地花钱请了私教。劝我买私教课时，坤教练一脸青涩，指着自己的大臂肌肉说："哥，我以前是个瘦子，可是增肌相当成功，我先把你的肥肉减下去，未来有信心把你练成吴彦祖。"吴哥当场允诺，哪怕练成张涵予都能接受。坤教练相当认真，哪怕我出差时也手绘动作发来，每晚问三次是否练习了。

日子久了，健身便很像无疾而终的恋爱。教练每三天问一次我在干吗，何时能来练习，我看心情回复。虽说如此，双方也时不时找回初心，让日子重新美好一阵。每当我下定决心回健身房，他都早早等在前台，拿一瓶能量饮料等着。总有小礼物，有一次送了块大毛巾；有一次送了把密码锁；有一次邀请我去，我说没带健身包，他说早就知道会有这一天，一直准备了全新的运动装。如此种种，甚是温暖，但爱总是难成正果。

"哥，我觉得你就是附近最靓的仔。"一个夏日傍晚，正在健身房举杠铃时,他盯着我一脸认真地说。杠铃砸下来的瞬间,一点都没觉得疼,颤抖着笑蜷了身体。那是我最后一次练胸肌。

"不行啊,哥。"夏日的一天,他给我发微信,"你在我这买课,练这么久,还胖了。这哪行啊。"

"你说得有道理。"

"以后别续费了,我要免费带你。"

我日渐肥胖的身体对他打击不浅。小伙子去年才从体校毕业,带着憧憬与理想开启了职业生涯,不才有幸,成为他谈下来的第一个客户。自此之后,他果真拒绝了我反复的续费请求,也不再从已经买过的课程里划去费用。每当我想活动一下身体,他便调出时间,训练得一丝不苟。知道我颈椎不好,便重点练背肌。举目四望,金钱在空气中肆意横流的CBD地区居然出现了一个健身房免费学员,既非攀龙附凤,也非裙带关系。北京并不总是那么冰冷,它跟村子一样,也住满了人。

坤最大的痛苦还不是拜我所赐,而是健身房不见天日的时光。从早十点到晚十点,时常整月不休。偶尔有那么一天店经理豪气干云,带大家出门聚餐。"找了家最便宜的东北菜,啥便宜点啥,上一盘光一盘。"去年健身房办年会,在楼下找了个富丽堂皇的地方,与豪言壮语相伴的，是没有晚饭，只有花生、瓜子、可乐、雪碧、香蕉。健身房是一个非常特殊的压力系统，它对每个教练的终极要求是成为一名伟大的销售员。一切训练与话术，最终目的是留住学员、带来更多学员、让学员掏更多钱。这是一场永无止境的压榨，繁重的销售任务压力不断袭来，教练们时不时需要自掏腰包买课程以完成考核。如此种种，不一而足。

压垮工作信念的最后一根稻草，是健身房五周年庆典时，拍的一段宣传视频。教练们被搁置一旁，经理从隔壁夜总会借来了二十多位陪酒女郎，她们穿上工作服——比基尼、薄纱裙、包臀裙、抹胸、学生服、水手服、情趣内衣——站在健身房门口迎宾，咧开大红唇一笑，欢迎八方来宾。他打开手机给我看这段视频，在魅惑十足的音乐声中，镜头从女士们面前一一掠过，每一处健身区都有一位性感女郎张开手臂，健身器材黯然失色。我的心情不可避免受到身边的叹气声影响。这位年轻人终于意识到，教练绝不是健身房的主角。

没过多久我请坤吃了顿饭，那天是平安夜，也是他辞去人生中第一份工作后第二天。他睡到下午五点醒来，我们在马路边相见，他把自己裹成粽子——说起来这还是第一次，以前见到他时都是在健身区，一身紧身衣包裹着遮不住的肌肉线条——随后以异常安静的方式度过了这个夜晚。那个滔滔不绝的健身教练不见了。曾经他的纪录是为推销课程，不间断说了近四个小时话。离开健身房后，他似乎暂时关上了说话开关。我像从一场摇滚演唱会转场钢琴独奏音乐会，脑海中还是激烈的鼓点，耳边却是意蕴悠长的呢喃。免费课程至此结束，我对健身房已无丁点残念，甚至松了一口气。变成吴彦祖的大业，看来得寄托在拳馆了。

这一年结束时，北京天寒地冻却不落片雪，行人与司机对骂互不相让，人们抢购加拿大鹅，边祈求暴富边仇富，边生活边抱怨生活，边憎恨得不到爱边不施爱于人。生活并无真相可言，有的是你总以为故事都在别人身上，蓦然回首，发现自己的日子也曾有剧本，只是念出台词时你浑然不觉。你是最好的演员，接下来的人生也会全然入戏，忘记自己只是在表演。

灵魂举头一尺半

清晨醒来时,有两个好消息高悬半空。一是巴萨俱乐部主席巴托梅乌宣布辞职,二是 Jon Stewart 宣布复出。何谓一个美好世界,就是敌人退却,朋友归来。但你最好对这一切都不抱太多期待,只享受好消息到来的瞬间。曾经喜欢的球队会更好吗?怕是很困难。它还能带来更多欢乐吗?一定能,但终究会再次离开。要么算,生活本是无妄之念,不能跟它细究。在快乐与失望之间,人是永动的钟摆。

有时我想,这世界给每个人都安排了一些独特的喜好,便于管理。这是一种计划而非市场行为。你喜欢上一个姑娘,发现她喜欢你最讨厌的小明星,这两件事便可能是世界跟你开的玩笑。给你的独特喜好是她,给她的独特喜好是他,这样你们短暂的青春,便有可浪费之处。不要以为自己喜欢什么都是有据可循的。人生如此无聊,给你们点机会吵闹,上天有好热闹之德。人类悲欢不通,是从细小的爱好不同开始的。

想清楚这一点,对生活本身便要有点置身事外那股劲。举头三尺有神明,你谦虚点,让灵魂站在离你一尺半那么高处欣赏一下自己。你既是神,又是自己,看肉身在花花世界中,有时开心,有时狼狈,更多时候无趣至极。你看到自己在深秋的夜里痛苦,连痛苦都会减半,因为站在虚空中未必感同身受(就像你最好的朋友对你的人生也只是远观)。有什么是绝对的痛苦,又有什么是绝对的快乐?有什么是只有灵魂才会感受到的痛苦,又有什么快乐肉体无福消受?你既然不能理解他人的苦乐,何来自信可以理解自己?你既然任由心中生出那么多理想,又为何任由现实繁衍如此多龌龊?你爱的人是你心理的投射,还是任由自己成为被投射者?你是日日夜夜梦想离开当下的生活,还是偶尔想想然后沉沉睡去?你相信有比自己更崇高的存在,以至于当下虽然混沌,却是更大的目的之一吗?你是否有过真正不被外物充填的时间,观照自己这桩独特的躯壳,心生造物者当年那种喜悦?你在他人的目光中生活,还是在自己的黑暗中秉烛?你想要容易的人生，还是要任性的人生？

　　这些问题，从一尺半高处棒喝下来，很难相信自己没点慧根。佛祖拈花迦叶微笑，我想到人生中有那么多问题时，忍不住笑出来。这是一个人的自然反应，智慧的共同归宿或许是欢喜。只有离自己足够远，才能不在生活面前层层退却。你得时常把自己当成摆渡人，坐上自己撑开的船，远离自己这位乘客的重重心事。我爹电话里惊叹，家里四岁的娃都会做加法了。我心想，那你是最近没见过三十来岁得道的娃哩。

　　不要太痴迷答案。小时候我跟娘亲一起在麦地里，她种田、浇水、除草、捉虫，我坐在树杈上俯瞰。远远地会看见老瞎汉牵着捡来的"拾羔子"（一个被父母遗弃的小女孩，那年月能有人收养已是万幸，人们轻蔑地把她视作一根拐杖）越走越近。他双眼如黑洞般深邃，身上搭着布袋，挂了一串核桃，总是隔一阵从东边入村，消失在西边的山包外。给老瞎汉两块钱，能聊一整个下午，替人们预测未来。他当然会说尽好话，但每次都不重样。老嘴翕动，俯仰间天下无不可知之事。其实没有人真正关心他在说什么，北方的地头乏善可陈，无人歌咏、无人偷懒，只有庄稼矮了要遭人笑话。这么多年过去，我一直没忘记老瞎汉身上那股可笑又真实的仙气，他是唯一不关心粮食的人,只关心你未来能否升官发财,告诉你走出村子后应该走向何方("今年你向东走能发财""这个孩子得上高中,以后考大学,不能上中专")。他替你站在更高处望远,代价只要两块钱。都知道这瞎子或许在信口开河,又忍不住想听未来可能的模样。靠着人们对未来的憧憬,他养活了自己和小女孩。我们走出村子,早就忘了他当年如何预测每个人的命运,也没人打算追究。直到前几天我才听说,一直给他导盲的小女孩,已经读完了大学。我猜她听了足够多关于人生的预言,决心自己去闯荡一番。老瞎汉嘛,至少算对了一次。

看到月与竹柏便心花怒放

人是思考大问题和纠结小现实的动物。海湾战争、伊拉克战争、反恐战争只够当作谈资，忘洗衣服、烧焦了菜、地铁上被人踩却会引发一场真实战争。前几天有人问我，幸福是可以持久的吗，有终极幸福吗？我的答案十分伤人：世上并没有此等好事。去找到你周围最长寿、睿智的人，同室共处一个月，白头翁太不是天天生气，就是乏味至极。人是终其一生修炼的动物，智慧是灵长类动物永恒的诅咒。

大学毕业那年，我与舍友小李一同站在宿舍天台，远望东湖碧波荡漾。正是最炎热的季节，空气都让人难以忍受，几条汉子脱光了跳进湖里，享受片刻欢愉。同学们即将天各一方，谁也不知命运如何激荡。如同过去四年和如今十多年来一样，我们各自说了点什么关于未来的话。如你所知，谈话总是这样，即便当时拿出十二分力气倾诉肺腑之言，最终一生的谈话也记不得多少。但我清晰记得，那天小李忽然说了句："别看现在去哪里，十年后大家看收入。"

这让我十分惊讶。我俩朝夕相处整整四年，热爱谈论乔布斯、蒂姆·伯纳斯李、史蒂夫·沃兹、麦克卢汉、尼葛洛庞帝、乔治·马丁、科幻电影、艺术电影、朋克音乐、民间传说、考古、望远镜、青铜器、科技史、电子产品，从未将钱放在眼里（那是允许你这么思考的日子）。我们每个人都倒腾了一个个人网站，煞有介事地把这当一辈子的事儿来干，浑然不觉未来也许人们不再需要任何网站。毫无边界的好奇心是柄双刃剑，坏的那一面是你时隔多年依然每天在跟同一个人闲聊，找不到其他人忍受如此庞杂而无序的话题。（最近他的兴趣是研发一款输入法，严格按照国家定的文字规范与标准，将异形字、生僻字纳入其中，方便广大文字工作者使用。我对此十分赞同，但在技术上爱莫能助，甚至看到他发来的千奇百怪的文字标准，心中对现代汉语生出一丝怒气。）但在当年那个时刻，那句话让我看到了他脸上可贵的英气。记忆中我没吱声，内心生出了长长的涟漪。

如今十年一晃而过，蝴蝶飞过了沧海。二〇一一年曾经是多么美丽的年份，我记得自己拿着毕业证和研究生通知书，对未来有说不清的雄心。那年夏天一切的一切，黄山、竹林，永远印在脑海中。随后我像坐上列车，看着自己经历了转瞬即逝的岁月。大学时光淡薄如雾，随后清华也开始模糊，只有进入社会后的时光铸成一座堡垒，为自己掘地三尺挖出护城河。

小李的预言，也到了印证之时。

上周末，我约着小李一起出门爬山（他失眠数日，急需走一走）。我们还没出发，就发现虽然金色太阳当空暴晒，北京却为防洪关掉了几乎所有的山。这种事时有发生，为了不被高空坠物砸到，有些人干脆不出门。到了如今这个年龄，最不需要的就是向外执着。我俩决定去逛公园。

谁也没想到，天气给了两人一场猝不及防的乡愁。前一日刚有过瓢泼大雨，大太阳下湿气蒸腾，北京成了武汉。这是个新修的公园，铺了崭新的木道和塑胶跑道，从各处移栽了五颜六色的草木。埋在地里的喷头一刻不停地洒着水。阳光虽然暴烈，植物们看上去精神头还不错。刚从南方毕业来北京时，我们最大的怨气就是花草树木太少。如今看着设施一流的公园，当年的上下铺像当年分析手机和电脑一样，认真聊起了如何建设一座让人舒心的公园。我们在太阳下汗流浃背，想象着公园里有风吹过的日子该多美。当年在武汉，夏日的每一天都是像这样度过的，顶着满身大汗得过且过。我记得大家一起到长江上坐船去汉口，武汉人把三轮车、摩托车、自行车推进来，挑上扁担，背着孩子，大声讲着话，整个船舱里都是汗臭味。那时年轻，浑然不觉得条件差。我们会去汉口逛一整天，在夜幕降临时回到童话般的校园。

说话间就来到了十年后，在热似当年的天气里说起同学们。有人的孩子已经十岁，有人的学区房都降了价。有人已经是修饰过很多次的网红，有人在试图红。有人赚了难以想象的钱，有人难以想象。大部分人湮灭在记忆里，毕业之后再未听闻。新闻学院是个特殊的地方，从那里毕业，人会对世界多一点了解，少许多耐心。孰好孰坏难以估量。至少在我的生命中，不会出现毕业十周年、二十周年、三十周年聚会这种场面，却可以跟同样迈向中年的男同学一起逛公园。人生有趣而无聊，总在试探你到底想要什么。

我和小李，终于成为人群里不那么有钱的一类人（实非谦虚，敬请明鉴）。那天在烈日之下，小李跟我说起，其实人活在这世间，并不需要很多钱，只需要一点体面的收入，省下的时间自己玩。我看着他英气不再的脸，忍到最后终究没有提醒，毕业前他曾有那等雄心。当年我觉得有些奇怪，也有些澎湃，如今觉得这样才正常。这不是一场主动选择，却十分主观。小李依然热爱琢磨一切，我依然对一切保有好奇，这不可救药。

  我想起许多年前一个夜晚，在离武汉不算远的黄州承天寺，苏轼带着好朋友张怀民一起夜游。夜色甚好，他俩随便走了走。回去之后，苏轼写下，"庭下如积水空明，水中藻荇交横，盖竹柏影也。何夜无月？何处无竹柏？但少闲人如吾两人者耳"。被贬黄州时的苏轼算是穷困潦倒，自己开荒种田，养活一家老小（在文学、书法成就之外，很容易忽视他对景色与食物贪婪的好奇心）。大约从被贬黄州开始，命运如滔滔大海，始终把他顶到风口浪尖，逼出人间本不配的诗词。可他并不知情，总在人生无尽的折磨中，试图成为幸福的闲人，看到月与竹柏便心花怒放。

飞鸟与冬天

县城曾经是一张中国流行音乐晴雨表，超市、KTV和服装城震天响的喇叭在播放什么，人们的杂牌手机里就塞满什么。这由不得你拒绝的音乐，即便并非有意为之，也让一部分人（万分抱歉，比如我）生理不适。当然我们相处还算愉快，人生中在县城度过的前十八年，我其实没太多机会走进流行音乐的海洋，大部分时间在田垄、河边、宿舍和教室中。

高三毕业那年，才得了机会在城里溜达两个月。夏日夜里，走在震天响的音乐里，偶尔（那是十五年前了）会遇到歌手在露天舞台上唱歌。听惯了磁带里传来的音乐，现场真唱让人感觉十分新鲜。那个夏天我听了十来场这样的演唱会，总体来说差强人意，歌手们嘶吼起来，还不如一盒老磁带。只有那么一天，台上清瘦的女歌手用尽力气唱了几首不常出现在县城里的歌，那是夏日最热的一个夜晚，我们跟在台下久久不散。到《再见了，最爱的人》时，县城气氛在记忆中加了层滤镜，家乡终于变得让即将离去的游子流连忘返。

去到武汉，方才明白大城市是更大的县城。走在街上音乐一样震颤灵魂，回到自己的小世界性灵轻舞。大学是多棒的日子，一整天都不会有人打扰。大约正是这样无所事事的时间里，在校园报刊亭看到一张叫《珞樱》的专辑。只此一家，别无分店，是武大校园歌手原创专辑。整张专辑充满浓郁的学生气，却也真诚到了难得的地步。那年月校园民谣正走向末日黄昏。我还记得自己背着一把电吉他从家乡到了武汉，才发现别说每日练习，摆满它所需要的仪器，宿舍已也难以下脚。大四毕业那年我把它扛回了老家，将旧日音乐梦想留在了与它最是不对付的地方。埋葬理想就要心狠手辣。

很容易从《珞樱》里找到最好听的那首歌，名字唤作"飞鸟与冬天"，演唱者阿猫阿狗。在中文里这俩词合在一起，跟不三不四并无分别，但作为《飞鸟与冬天》的创作者却意外地合适。词语是人类永恒的迷宫。这首写于二〇〇二年的歌，到我遇见时已在学生中传唱了整整五年,从未有过全国知名度,却从未在武大中断过,是武大这个县城里永不落幕的流行乐。

> 翻开了寂寞的旧抽屉
> 我又看到了你写的诗
> 拨开了沧桑忧郁的诗行
> 我又读到了你清澈眼光
> 那是多年以前我们交换的字
> 在岁月流逝中渐渐发黄
> 你那时候写下的每个句子
> 还在遥远回忆里轻轻唱
> 那年冬天我们望天空
> 一只飞鸟展开了翅膀
> 你说你像冬天里的落木
> 我像飞鸟掠过蛮荒
> 你苍白的脸映着飞扬的雪
> 期盼目光穿越了许多年
> 我们的诗静止在时间的缝隙
> 凝结成无声的冰
> 我到哪里去寻找这样的地方
> 那里分分秒秒永远不再飞逝

我到哪里去珍藏相遇的光芒

让你的诗在冬天唱

风吹着不知迟暮的年华

青春的花凋了不开了

岁月的霜刀刻下生命的年轮

记载着幸福的永恒

你流落在他乡的风风雨雨

是我寂寞抽屉里的字字句句

我期待着我们某天能相遇

再去看看那些老去的诗

我到哪里去寻找这样的地方

那里分分秒秒永远不再飞逝

我到哪里去珍藏相遇的光芒

让我的泪在风里飘

飘过了冰雪的峡谷

去寻找飞鸟飞过的痕迹

而它

已远走

武汉不是首都,它无须承担大任,养得起无所事事的学生。偏巧这里大学林立,据说在全国数量排名第二。无数年轻人躁动的身体,将武汉变成一个热闹的城市。武大每周都有几场无处站立的讲座和数之不尽的活动,一钻入这丛林,人就像归乡的野兽。是在这里,我终于弄明白,街头那个女孩唱的《再见了,最爱的人》是钟立风写的。我大二那年,钟立风来到武汉,大家饶有兴趣地在网上追踪他的痕迹。民谣歌手居然来到我们身边。在每天都阴雨连绵的武汉,他写了一首《武汉这些天一直在下雨》,我们在宿舍播放完,便陷入长久的沉默,原来一首歌可以这样写。曾经音乐离我们如此遥远,是喇叭与磁带里传来的声音,如今它只是身边这场春天的雨、雾气氤氲的长江和得不到温暖的心。它还是一首同龄人写下的《飞鸟与冬天》,用诗句写眼前掠过的冬天、旧时光里交下的朋友。武汉冬日多难熬啊,居然也可以变成诗。朋友多寻常啊,居然被时间拖成了音节。那年月总感觉他们会无穷无尽地创作下去,就像相信自己将永远年轻。

很少有城市像武汉那样,雄伟而市井。我穿过武汉城,武汉话穿过双耳。时间一长,城市开始接纳异乡人,我开始听得懂它的声音。那是码头边上的语言,用高昂语调和粗鄙词句,串出一城烟火气。武汉人似乎永远在讨论细节，每句话都跟今天的心情和眼前的日子有关。楼管是一个中年阿姨，她是我的武汉话启蒙人。入学第一天起我就住在她隔壁，从"好走"慢慢学起（奇怪的是，学会的第一句武汉话居然是"再见"），听着她在隔壁永远不停地训老公，与其他阿姨吵架，跟年轻的学生们斗智斗勇。她老公是一位精神有些问题的绅士，手里一直拿着本大书，只要抓到丁点机会，便会十分礼貌地与人聊上十来分钟。所有的学生都绕着他走，因为那番客套听上去像在武汉夏夜的一场鸡尾酒会上，每个人都穿着燕尾服，汗流浃背地用一门为骂人准备的方言虚与委蛇。他庄重地对待每一个愿意对话的人，但最终总落脚在赞美自己。我猜一个人如果从婚姻中得不到足够多肯定，会自行分成两半，一半抗争，一半疗伤。面对一个武汉女人，男人并没有那么容易抗争，我亲眼见到几出女人当街打男人，抄着平底锅在巷子里追赶，其他人像没看见一样继续摆摊做生意，或是边吃边走。一开始我听不懂阿姨的老公在说什么，能听懂后才发现他对自己有知识分子的要求，有着让人难以置信的自尊。有一天他坐在硬木椅子上睡着了，我走近看他手里厚厚的书，硬皮封面上写着《宇宙学概论》。从那一刻起我相信他真的在内心把自己看得十分庄重，即便力有不逮。

只要两块钱就能坐轮渡过长江,在悠长的汽笛声中,深入滚滚江流。武汉人把自行车、手推车和扁担挑的筐子都搬上船,大声地聊着天、吵着架。有人试图游过长江,背上拴着一面小红旗。货轮、拉沙船缓缓漂过江面,星星点点直到天尽头。我从北方赶来,从未在水雾氤氲成青色的城市里生活过。长江大桥下适合发呆,桥上火车鸣笛穿过,桥下凤凰花开。

世上最小的海

进入万惠商场是人生的必修课,这里像专门辟出来的道场,容纳着城市中该有的一切。门口飘着甜腻的蛋糕香,需要走过两个检查的大爷、一个彩票点、一家眼镜店、一家打印店和一个烟酒柜台,才能进入超市。目光万不可飘忽,不然会被糖葫芦(和糖山药豆、糖草莓、糖橘子)、稻香村、麻辣烫以及两个散装啤酒桶吸了去。今天我的目的十分明确却十分难找,在楼上服装店大姐和楼下化妆品柜员指引下,才走到最深处的五金柜台。一个大爷正从口袋里摸出一张百元钞票、两张一元钞票和五个一毛硬币,把其中两块五留在柜台上。半头白发的服务员,边跟他聊天边用1/4张旧报纸包起五根钉子,认真折上几个角,免得它们掉出来。两人念叨起北京如今的防疫，心有余悸地说可不能像上海那样糟糕。

我的心很快融入这上世纪的影调，当年我爹开的农机维修店里，这一幕似乎永远不会落幕。人们带着各种稀奇古怪的需求来找到他，看着我爹在不同的角落里恰好找到最后一个某种型号的螺丝、轴承和三角带，然后认真数出几张皱巴巴、沾了油的零钱递给他。我爹会客气地找零甚至干脆不要钱（无论童年还是现在，我都不能完全理解这个举动）。双方有空便接着聊会，没空他就送人到门口，目送对方离开。那混着柴油味的记忆，此刻在脑海中挥之不去。

"口罩戴好！"服务员阿姨一声厉喝。

我一个激灵，意识到此刻不是二十年前，而是一个需要永远认真佩戴口罩的年代。往上拉了拉口罩，我从手机里找出照片，给她看我需要的电表空气跳闸，电工正在楼道里等待它。

"没有。"服务员言简意赅。

"可是电工说，每次都在您这里买。"

"没有。"

显然，我不属于这个地方。她的邻里，不包括眼前这个早起之后发现没电了、顶着一头乱发便下楼的年轻人。

电话里，电工让这个问题陷入了死循环。

"我们每次都在那买。"

"可是人家说从没卖过这个型号,您知道哪里还有卖的吗?"

"我们每次都在那买。"

结束谈话后,我站在五月的阳光下,思考这个上午到底哪条链子先断的。起床之后便发现断电了。按照前一天的经验,我走向电表,试图扳回空气跳闸。重新通电的那个瞬间,连通跳闸的电线冒出火花,烧焦了自己的外皮。打电话给供电公司,对方十分热情地表示,立刻会有工作人员上门。五分钟后,工作人员电话如约而至,十分热情地表示自己立刻会上门。五分钟后,他戴着两层口罩出现在门前,操着一口浓重的山西方言。我们一起打着手机闪光灯,细细查看电表箱。整层楼的电表都在一个盒子里,密密麻麻、色彩各异的线将它们缠出一个神秘的空间。他开始拍照,发信息给公司。此刻这个山西人是审判官,而我屏住呼吸静静等待。

"我觉得这个跳闸不是我们的。"

"什么意思?"

"电表和后面的跳闸是我们的,但出问题的是前面的跳闸,应该属于物业。"

我盯着半平方米大小的电表箱,难以置信地在心里增加了一处生活常识。我尽量让自己像见过世面一样，询问他为什么电在这个小小的盒子里，要分成两半管理。他拿出手机，打开微信，开始给我念一分钟前他拍了照发给公司后，领导的回复，大意约莫是这个电表的责任划分。他可能怕自己说不清楚，反反复复念了三四遍。此刻我内心十分焦躁，听不得一次不甚详细的业务讲解，礼貌地送走了他。

我拨通了物业电话，对方爽快地答应，很快让电工上门。看起来只有我不知道这个责任划分。两位电工上门后，很快发出一声惊呼。显然，电线烧焦的程度超出了他们预期。一个电工很紧张地问另外一个看上去年长不少的，是否需要通知领导，先断掉整个单元的电，然后更换电线。年长的电工操着一口浓重的北京口音，想了一下，转头给我说："你去买一个新的空气跳闸。"

"电线呢？"

"我用胶布包一下。"

此刻我对专业人士产生了一丝怀疑，他的第一反应和第二反应看起来差异如此之大。我们争执不下，他以自己三十年的电工经验保证，这条线包一下还能用一段时间。如今正值五一假期，如果我坚持要换线，整个单元都得停电一段时间，大家都会不满。

"一段时间之后呢？"

"说实话，这个我们俩说了不算。得找物业领导，他们有专业的施工队。"

眼前这个半平方米的电表箱，又出现了第三个责任方，一个拥有更高权限的领导及其麾下施工队。我一阵迷茫，不知何去何从。但眼前形势紧迫，容不得继续犹豫。于是我拍下空气跳闸的照片，下楼去万惠商场，被阿姨用两个"没有"打发回了街上。

万惠或许是世上最小的海，风浪并不大，但我恰巧是海中最小的帆，战战兢兢。此刻帆在海中摇摇欲坠。负一楼是食品区，除了手机没有信号之外，几近完美。有摊主做好吃的大馒头和手抓饼，有潍坊老乡在卖豆腐。大葱一直都是新鲜的，来自我家乡。我在这里买过几十种调料，买过蔬菜、肉馅、排骨、牛肉和鸡肉。海风吹过北方海岸，留下一些冰冻的鱼和几盆一息尚存的虾，每天在万惠售卖，它们同大葱一起满足了我们家些许乡愁。坦率说，是万惠把我培养成了一个能养活自己的厨子。也是万惠，提供了无数夏夜的啤酒、感冒时的退烧药、疫情开始时的口罩和改裤长的裁缝大姐。出国时的护照照片，一切材料中的一寸、二寸照片，档案袋、文件夹，插在家里花瓶的鲜花……在这栋三层建筑里，除了彩票店之外，我已经买遍了每一个角落。天啊，万惠曾经无所不能。

但此刻它对外来游子忽然不再那么温情，暴风雨不期而至。我盘算着如何才能让家中重新有电，让文明重见光明。五月的阳光已经十分刺眼，我顶着乱蓬蓬的头发，眯着眼满大街游荡。医生建议我要戴墨镜出门，以免诱发眼疾。此刻顾不上那么多，我需要的不是遮住光明，而是重寻光明。终于，在一家已经歇业的中医骨科医院后找到一家五金店，却发现它已关门歇业。我感觉需要点什么来制止自己的沮丧，在路边水果摊买了一斤桑葚和一个巨大的椰子。

迷信并不总是一无是处，椰子水让我想起，外卖本可以搞定这一切（这个奇怪的联想来源于，当我买椰子时，十有八九来自外卖）。于是我再次打通年长电工的电话，发现他早已收工回家。我们约在楼下见面，在阳光下细细挑选起空气跳闸型号。最终只有一款国产的"正泰"符合要求。

"过日子的话，还是得买施耐德、ABB。"他看上去十分遗憾。

"过今天更重要一些。"我变得十分现实。

半小时后，空气跳闸如约而至，此刻是上午十一点钟。我打电话给他,听到电话那头十分诧异。

"我下班了,下午两点才上班。"

"我没电怎么生活呢?"

"谁说没电了?我把你家电线用胶布包了一下,能凑合用。"

到下午两点,我电话催来了两位电工。电话中他们明言,这次上门需要十块钱人工费。我忙不迭地答应。修好后,他们留下一张手写单据的复写版,再次叮嘱,如果有更多意见应该找领导而不是电工。我抓着红色的单据点头称是。转身对着灯火通明的屋子、不时发出声响的冰箱、一刻不停生产热水的热水器和终于开始转动的洗碗机,不知它们可以和门外用胶布包裹的电线共处多久。

在万惠附近生活,有时想起在村里的日子,有时又觉得即便对村子来说我也是个过客。

绿房子纪事

夏天过得比想象中迅速。推开门看到一整帘绿色还坚挺着，总有只老鸟或小鸽子站在上面纳凉，被推门声惊出几十米远，落在对面楼顶上。我猜住在那个楼里应是苦不堪言，永不停歇的"咕咕"声伴着从天而降的鸟屎，并不会因夏天迟暮而终结。

这片绿意是我与园艺师傅的共谋，几年前这位从未谋面的园丁在楼下种出爬藤时，未必有此美意，却不期然营造了窗外风景。最早是去年秋天，有一日几片红色的叶子垂在窗外，让人发出第一声"哇"。今年夏天来临前，我去花房买回了五六株绿色植物，希望它们能爬出去。一棵文竹，一棵树马齿苋，一棵长寿花，一棵叫"若歌诗"的多肉。还有一根……说来惭愧，从拼多多买来的、商家说可以长出粉色樱花的、浇了一整个春天的树枝，如今已形容枯槁，估计再过三千年可成化石，记载着当代青年贫瘠的精神世界。

我特意把纱窗留了道缝，眼瞅着爬藤上钩，悄悄伸了几条进屋。爬藤尚未成年，哪知人类社会艰险。初夏还没结束，这场戏已初见分晓，它用不同姿势，伸进来四条藤，外面还有热情的七八条藤排队等候。进来的都是小叶子，外面的老藤上挂满大叶片。

在我精心灌溉之下，终有不辱使命者，文竹代表室内参赛，其中一根长成一米多，婀娜地伸向窗外。夏天才过去一半，这根文竹便和爬藤纠缠在一起，未过多久，又缠上一根。温室植物在野蛮生长的植物面前毫不逊色，半空相接，竟难分伯仲。想来是我调教有方，一周两次水、三次谈话，趁着东京奥运东风，极大激发了它的斗志。文竹越长越高，居然有伸向窗外的意思。这么多年来，我从未梦想过有一天会成为建筑外景主持人。可如今奥运会已经明白告诉我们，业余选手也有上赛场、拿金牌的那天。

时间一久，对面鸽子也不再怕人。写作时听到窸窣声，抬头看一准是鸽子飞来了。倒吊在爬藤上，静静看着人类这个不会飞的肉体如何变着花样折磨自己。我早写出了颈椎病，在办公室装上两台显示器、一个升降支架，坐累了站起来，站累了坐下，把写作效率低归因于写作时的体态。有时我想为窗外小友放首歌，便小心翼翼选一首，然后逐渐放大音量。鸽子，不管是哪一只，都不会陷入人类如此低级的陷阱。声音一大，振翅远飞。看着它们的胖身体在空中激荡，恨不能生出一对肉翅膀。

早在武汉那些年，我就曾粗暴地断言，生态多样性与人类舒适性之间有天然矛盾。记得在东湖之滨，我等住在山间森林里，每日眼见老鼠、黄鼠狼、蛇、鸟在周遭徘徊。记忆实在太美了，可那时候每个人都在抱怨。如今人在北京，再也找不到那般郁郁葱葱的大环境，却不料拥有了一扇绿窗户。这扇窗并不大，最多三平方米，但绿色覆盖率高达 80%，超过全国 99% 的县城。非要为居住其中之人画个像，差不多像霍比特人。无论何时抬头看，总觉得外面世界很大，室内世界很美。

有时外出会客，总能见到硕大的房子，立在修葺一新的环境里。主人好风雅，便会种上枫树、竹子或者买来一棵景观松树，地上铺满白色石头或彩色的木屑。一开始我尚能忍受，时间久了见到难免皱眉头。这些由某个神秘模子刻出来的植物，专门站在门外，诉说着主人无他唯有钱尔。我等虽然贫穷，但穷法各异，丑不到一个笼子里去。

在一个雨水缠绵的夏天，浪漫景象很容易被现实击碎。抓了几天痒之后我才意识到，方便爬藤进屋的窗缝，成就了蚊子的美丽夏天。直到它们在耳边嗡嗡作响，才明白悔之已晚。好在灵长类动物从不轻易屈服，第二天，京东小哥就送来了电蚊拍。小时候，我最爱的夏天娱乐是粘知了，如今是打蚊子。我像参加了另一场奥运会，立志在这个夏天夺魁。每当电蚊拍响起，便在心中默默记下一个数字。如今夏天行将结束，估计整栋楼都不会有人破纪录了，二百三十二只蚊子用生命记录了当代青年人精神世界的另一面贫瘠。

唯一值得欣慰的是，浪漫本身并未向现实妥协。蚊子叫声日渐孱弱，行将消失于秋风之日，那条窗缝依然开着。四条爬藤带着叶子往里钻，一根文竹带着无限的希冀，勇敢伸向外面那个不可知的世界。作为这场奥林匹克运动之父，我希望它永远记住，自己的起点在一个不着调但美丽的夏天。

与神共舞

老米勒陪我走在寺庙中间，穿过清迈路灯下幽深的长街，一座座金色佛塔掩映在叫不上名字的植株背后。此刻是晚上八点多，我们已经路过两处正在举办葬礼的小庙。人们衣着肃穆，却不露悲伤。这只是漫长葬礼中的片刻，何况与灵魂有关的事早交给了僧人。在泰国这样一个佛教国家，生死皆有可喜之处。我俩停下来走入人群中间，老米勒建议我用手机拍下来留念。

"可以吗？"

"他们会很乐意。"

一模一样的对话，一天前才发生过。那天他带我闲逛曼谷街头，不顾北京来的游客大好河山还没逛够，执意进了一家老牌五星级酒店。我俩相识十年来，他屡屡说起曼谷这家酒店的下午舞会。

二楼优雅的洗手间里,一个全身黑色紧身衣的小伙子正在刷牙,身材纤瘦,屁股翘挺。这个洗手间流行庄重穿着,另有三个年轻男人身着黑色紧身衣,区别是有人在衣服上贴了亮片,有人套上了一件白色西装外套,有人忙于化妆暂时看不出端倪。我俩穿着大短裤和肥大的T恤,相视无言,迅速离场。

走廊外也没好到哪里去,遍是浓妆艳抹的年轻男人。我低头盯着洞洞鞋,亦步亦趋跟在老米勒身后。乐队在不远处演奏,酒吧被包了场,舞池里站满贵妇。她们中许多人步态蹒跚,脸上油光灿然。舞会在十五分钟后开始,厕所里刷牙的小伙子,此刻披上了亮片,走到一位鬈发女人面前,嘴巴似乎一刻未停,想来口气清新自有其用。十五分钟后,有年轻人看起来不那么想取悦舞伴,步履腾挪间,把头甩得十分坚决,眼睛毅然望向虚空。更多的年轻男人满面笑容,与舞伴贴在一起翩翩起舞。礼服罩在女士们身上还算得体,但有些人脸上整形手术后留下的僵硬却不好遮挡。她们正在享受这个下午,音乐越发狂热,舞池气温骤升。我惊讶地看到,所有男伴都像一个模子里出来的,身体年轻而紧实,舞步专业而谦让。老米勒给我挨个看手机上的信息,连续指出了七八位贵妇的名字，分别来自大银行、航空公司和什么生意都做的家族。此刻他老脸挂满坏笑，怂恿着我去拍照。在他对上流社会的嘲讽中，眼前这一幕曾反复出现，如今终于得见。此情此景，很容易让人联想到有权有势的老男人，也喜欢创造与年轻女子肢体接触的机会。看上去所有性别都喜欢年轻人。

我无端想起团结湖公园里声势浩大的广场舞。同是这个岁数的女人，曼谷贵妇们自然有钱得多，在五星级酒店里雇得起年轻舞伴，本质上却并无不同。有那么一个夏日夜晚，我还加入过团结湖广场舞，在两个巨大的音响震颤中，一直跳出了汗。那并没有带来什么快乐，时间反复诉说的便是，人之乐天差地别。有人在跳舞中寻得快乐，有人在跟年轻男子跳舞中寻得快乐，有人在围观贵妇与年轻男子跳舞中寻得快乐，有人在书写这三者中寻得快乐。

清迈有着无穷无尽的寺庙，路的尽头那座宝相庄严，昏黄灯光下看到跟泰国皇室有关。庙修得很气派，即便清迈街头三五步就有座庙，这座依然让人印象深刻。我抱着那晚第三个椰子咂摸，跟老米勒聊起往事。大约是我出生那几年，年轻时的他开始背着包环游世界。从美国一路前往印度，经过成年累月的旅行，抵达泰国时被意外拦下，从此定居千佛之国。至于没去成印度的原因，第一次去印度大使馆发现人家下班了，第二次赶上甘地生日使馆放假。事不过三之前，他花光了身上所有的钱，只好留下来赚点盘缠。没想到一停定终身。

我好奇的是，那个年代的美国年轻人，怎么那么爱留着长胡子来亚洲流浪。似乎除了亚洲，其他地方都没点仙气。老米勒听完十分惊讶，问你还听说谁背着包，像我一样沿这条路线流浪的？

"乔布斯。光着脚丫子，像你一样直奔印度。人还真去成了。"

"再举个例子。"

"你那帮定居曼谷的朋友。"

"听着，我这样的背包客一点都不多。起码那年代美国年轻人不多，顶多是加拿大人、欧洲人多一点。"他的自尊心上来了，坚持认为自己是特别的。

两天后，在曼谷街头跟朋友们遇见时，他还特地说起这个。居然无人共鸣，离开故土对这群人就像去了隔壁村那样自然。他们听着鲍勃·迪伦、披头士，来到万里之外，决心再不回头。即便其中有人为宗教而来，此刻也与诸神无关。他们在泰国过着天堂般的日子，故国早成异国,只是有些人生活方式没怎么变,看脱口秀,听年轻时喜欢的歌,平日认真工作,周末疯狂作乐。他们成了离开移民国家的移民,白皮肤的亚洲人,既定人生的过客。美国不过是这群人恰好出生的地方,此刻提起来,听到满腹怨言。

清迈街头找到一家 The Lost Bookshop,见证了一代代背包客来来往往。他们从世界各地荡来,在飞机上读完了用来消遣的书,继续未知时间里的未知旅途,那些书如砖头般沉重,无处可放,扔了可惜。时间一久,便养出这样的书店。简直是全世界最丰富的小型书店。游客们留下的书有些还是全新,有些留下了勾画痕迹。我如堕入天堂。意外发现某个读者留下的十多本奈保尔作品,有一本还是 UC Berkeley 图书馆处理的硬皮书,忍痛只带走三本;遇见卡波蒂的 The Grass Harp,一生挚爱,果断带走;遇见了一本精心编辑的专栏集,买来权当消遣……店员,一个扎俩马尾辫的泰国姑娘,见我抱来一摞,知是爱书人,坚持不允许用店里的塑料袋带走这些书。她打电话给老板,用泰语说了两分钟,然后兴高采烈地问,想用紫色还是灰色布袋带走这些书?

泰国总体是个宽容有余的国度,走在街上浑身松散。不松散就去随便找个按摩店。走在西藏街头很容易想些终极问题，漫步泰国，满目佛光却满心世俗。宗教是个虔诚的误会。即便你知道它被造出来的年份和编故事的人，也只能与其昭示的永恒性朝夕相处。我一时想不到类比，无端联想到有两次傍晚在飞机上，看着太阳坠落云层，深蓝色天幕挂满群星，飞机似乎在驶向无垠，前无终点后无归途。我仿佛也背了个包离家远行，一开始觉得远方有神，后来发现黑压压全是人。人这一生就是从一群人走向另一群人。在世界各地四处流浪，跟在豪华酒店找年轻舞伴殊途同归。不过都是带着偏见在世间行走，有人以为东方有神，有人以为舞伴喜欢自己备受摧残的容颜。

寻常深夜

男孩们来了又去,我和老米勒没受什么影响,一杯接一杯地为自己调酒。先是金酒,接着是朗姆酒、伏特加和龙舌兰。有时兑上一点冰块就慢悠悠喝下去,有时煞有介事地配点免税店带来的饮料,或者在杯口抹一点盐巴。我们一刻不停地聊着天,和经过客厅的大个子们打招呼。他们都来自附近的交通大学,跟老米勒相识在篮球场上。我是整个屋子里唯一不会打篮球的人,不过没有人想在周六深夜喝酒时聊这个。时不时地有男孩做好了西红柿牛腩,或者叫来了比萨饼,坐下来一起分享。每个人都想加入我们的话题,但往往聊个半小时便陷入沉默。聊天是一门奇怪的艺术,它需要的化学反应并无规律可循。

昏暗的房间里,有几张软沙发,铺着颜色各异的毯子。我选好自己的位子，每次都不挪窝。不用找什么话题，关于男孩们的穿衣潮流都能聊个把小时。唯一的问题在于我的英语水平，聊久了总需要一些表情和动作辅助，不然会只剩两张嘴翕动，任由自己在聊天中入睡。

  黑夜是白日生活的背景板。其中一个男孩有了喜欢的女生，正为此苦恼不已（人年轻时处理热烈的情感殊为不易），我们暂时充当了情感专家，老米勒这个老单身汉的意见最终得到所有人认可，男孩心满意足地去找心上人谈心去了。他起身给我倒上一杯 Southern Comfort，我看到酒上写着 Comfort 有些警惕，轻舔一口，果然混着桃子甜味。此刻喝下去倒是应景，在一口烈酒中混入甜腻滋味，近似于一个高大的篮球男孩陷入恋爱烦恼中。

  老米勒说起父亲弥留之际，两人决定出门远行去加拿大。美国人的旅行与中国人区别也不大，总是去著名景点合影留念。在一所大教堂，他父亲开口问："这就是别人觉得我们该看到的东西对吧？"

  "是的。"

  "好，咱们走。"父子两人相视一笑，都憋好半天了。

  漫长的对话有个坏处，就是我们会开始重复自己。这天深夜，我觉得自己内心正在最柔软的时刻，便开口重复了他讲过的这个故事。才说到一半就被他抢过话去："你是想说，'这就是别人觉得我们该看到的东西对吧？'"他会意地仰头大笑，两个眼角瞬间充盈泪水。

我们相差三十岁，出生地相隔万里。这是个让人充满好奇的对比。因为时空迥异，才十分确切地发现这世界共性远远多于个性。关于人的话题，正如所熟悉的那样，有着无穷的吸引力。老米勒八十七岁的母亲住在舒适的养老院里，他每年回去陪着待一段时间。每次回来都跟我说起母亲的抱怨——他总不在身边，错过了太多与家人共度的时光。外国的亲情也希望绑架人。只可惜他所有的优点中，不包括恋家这一条，他甚至没兴趣成个家，始终孑然一身，来去自如。

多年来，他在曼谷和北京之间来来回回，约莫在二〇一五年的夏天，他上飞机前给我发微信，约了晚上吃饭。飞机落地后，信息如约而至——

"我中午在商务舱上吃太多了。"

"那晚上也不能请我吃饺子。"

"西直门地铁站，路易·威登前见。"

远远地我看着他穿着粉色衬衣，一脸东南亚烈日晒出的红色印记。见了面还没打招呼，他就拉着我走到一位女士面前，着急地说："He needs your service！"

眼前是一位华尔街英语推销人员，闻言一脸兴奋，抱着厚厚的宣传页满面春风。看出来这是个玩笑后,她仍然认为我应该报班——跟一个外国人做朋友,想必语言总有力所不逮之时。

调酒一般都是老米勒动手,从几十个高高矮矮的瓶子中选出两个,先调小半杯给我尝,觉得好喝才调大半杯。对喝酒的人来说,一个永远摆满的酒柜是一座堡垒。柜子上摆着一瓶茅台,不论真假(他始终不理解,世界上居然有一种酒以让人难辨真假为特色),我们从未有过动它的念头,任其为深夜酒局增加一些多样性。

我试图在他调莫吉托时,聊一聊海明威。但他更感兴趣的是约翰·厄普代克、约翰·欧文。我去买来 *Rabbit at Rest* 和 *Pigeon Feathers and Other Stories*,始终难以进入语境(要直到很久之后读到 *My Father's Tears*,才被深深打动)。美国作家对我来说始终有这个问题,一旦深入就要具体,一旦具体就十分现实地隔着太平洋。其他大洲的作家并没有这个问题,说起来十分奇怪。但我又对雷蒙德·卡佛一见如故,人生中的喜好终究是没什么理由的。

我们共同喜爱的是非虚构作家迈克尔·刘易斯,我热衷于读书(其中最难以置信的是 *The Undoing Project*

和 *Flash Boys*），老米勒热衷于读专栏。他喝下小半杯酒，感慨一句："我对他的写作技巧感到敬畏。"

"他所写的是商业世界，但全世界都可以看。"我追一句。

"最好的故事本就该专注人和细节，他的故事还具有现实意义。"老米勒继续感慨。

这个夜晚的写作课没头没尾。其实我们有着十分相似的写作观念，在一次次深夜畅聊中反复共鸣。一旦想起一个过去的好故事，他会从沙发上直起来，身子往前倾，盯着我的眼睛，手舞足蹈地讲下去，直到我也被这个故事打动。而我，则有着无穷无尽的好奇心，在他的故事中一路追问下去，直到眼前出现一长串近乎被讲者遗忘的细节。

"我喜欢这款威士忌，用黑麦麦芽的酒还真不多。"老米勒晃着手里琥珀色的 Bulleit 95 Rye，冰块敲得杯子叮当响。"东北是不是有黑麦？"

"新疆还有黑麦大列巴。"聊起吃喝，人就精神了。我来自农村，他来自工业城，口味本是风马牛不相及（其中最大的分野居然是海鲜和香菜，这两种东西他避之不及）。但这世界任何一个角落的爱酒之徒相见，都有久别重逢之喜。用黑麦麦芽酿造的威士忌，带着粗粝的冷风袭来，我们在北京的深夜里捏着玻璃杯，一口一口任它流过舌尖、舌根、喉咙，直到胃里一阵辛辣，杯中见底。

那个夏天我问他何时归来，答曰六天后。

"我最近心里有些痛苦。"

"你需要智者疗伤，一周后来跟一个睿智而有钱的叔叔聊聊天。"

"有钱就能幸福吗？"

"钱带不来幸福，只是抹去烦恼。"

"所以你把钱给我可能会对我有所帮助？"

"听说你采访过贵国首富？"

几天后，我们如约碰头。

"你打算请我吃龙虾还是帝王蟹？"我问。

"去丰台吃饺子，街上吃烧烤，或者一起吃康师傅方便面。"

最终我们决定，中和上面所有的方案，去吃一家宁夏菜。从他家里出发，我穿着他从泰国带回来的印着大象的T恤（一个人在泰国生活，似乎大象便成了邻居家的猫），他顶着自己那张异国面孔，挑着眉毛大声说话。我们经过洗衣店被老板叫住，叮嘱他衣服已经洗好。经过按摩店，老板娘跟他打招呼。经过水果摊，他主动打了个招呼。遇到一个保安，两人热烈地击掌。

"那个保安。"他小声跟我说，"前几天送了瓶酒给我，他真的很友好，想跟我交朋友。"

"那你怎么对待朋友的？"

"我请他打了一晚上台球。"顿了顿说，"还一起吃了顿比萨"。

我们走到宁夏菜馆，两个干瘦男生热情地打开门，显然这条街上没有不认识他的店。小伙子们很快倒上茶水，我俩点了羊身上可以吃的全部东西，对着酒水单发起了愁——这里只有啤酒，而我们对这种酒毫无共识。于我而言啤酒就是更好喝的可乐，对他来说难以下咽。对付一个老外像对付一个孩子，要时不时骗一下。

"听着，不然咱们就得喝最难喝的烈酒，二锅头，在中国又名'闷倒驴'。你知道驴子吧？"谁知道我怎么编出来的这种谎。

他屈从了。那个晚上，我愉快地吃着羊肉喝了一夜啤酒。他一直忍到晚饭结束，拽我回家，一人倒上一杯Finlandia，来自北欧的伏特加。没有人忘记这个晚上本来是为了解决我的痛苦，想必我们也聊了很多。只是第二天酒醒之后，我满脑子想的都是到哪去抓一瓶矿泉水灌下去，其余的早就忘光了。能被遗忘的问题一定不重要。

在以老米勒为连接点的社交网络上，聚集了毫无共性的一群人。有一个西藏人，有一个在西藏修过铁路的人。有一个觉得全天下女孩子都没法聊天的男人，有一个认为天下男人都一个德行的女人。在深夜聚会中，他们来来去去，流过了无数快乐的日子。老米勒似乎有一种魔法，他不允许自己眼前的世界有意割裂。

"我走遍世界。"他总在喝酒时跟我说，"发现这世上的人没有自己以为的那么不同。"

光超的爱情，就总被他拿来跟远在密歇根的侄女比较，把两个人的事儿混在一起说。我纠正过几次，反倒添了话柄。奇怪的是，在外国老头指导下，光超一路赢下芳心。他喜欢的姑娘慢慢融入老米勒的家，两个年轻人十分自觉地照顾起这个免费房东。有一天，他给我晒两个人做的饭——饺子、馒头和豆瓣酱的奇异组合。房东不遑多让，为自己配了一大杯红酒。

一个人吃饭时，情况并没有好到哪里去。没过几天，他发来的午饭图片上，孤零零地摆了一碗炸酱面、一盘拍黄瓜。"我健康、有钱、帅气，而且即将治好自己的饥饿。"

闲来无事，老米勒一个人去了盲人按摩店。我屏息期待后续。他的中文十分有限（第一次见面时，居然来了句

"我的命不好",不知是他哪位朋友恶作剧),面对普通人或许可以通过表情和肢体交流,可跟盲人之间似乎只剩相互触摸了。

我总是低估人类。他发来的视频里,一个盲人按摩师傅,用两根金属棒架起一个点了火的酒精棉球,在他小腿和脚上燎来燎去,形同闭眼作法。盲人按摩师傅精准掌握了这门技艺,不但没让客人感到丝毫痛苦,反倒如获新生。从那之后他迷上了盲人按摩,在这家店办了卡。

那个周六,我去找他喝酒时,先跟着去了一次盲人按摩店。里面的盲人师傅显然已经熟悉了这唯一的外国客人。我们在一间屋子里,两位盲人师傅把我们按捺在床上。他们实在没忍住,问了我无数问题。老米勒安之若素,嘱咐我知无不言,满足他们的好奇心。听着答案,两人越来越兴奋,不断对老米勒的人生发表看法,啧啧称叹。老米勒的人生观,在深夜盲人按摩店里找到了共鸣——在可以自由行走时,孤身一人走遍世界。也许他是对的,这世上的人没有那么不同。

语言真的没有想象中那么阻隔山海。两年后的一天,他转来一条中文微信和一个公众号,这家盲人按摩店从原来的街边,迁到了一栋居民楼里的某个房间。他并不是要我翻译,而是高兴地说起,去过新店后发现老朋友们还在。

约莫有七年时间，每隔两三个星期，我们会约个日子喝两杯。时间往往从夜里七八点开始，到凌晨两点前结束，岁月没有给我适可而止的智慧，但老米勒总会叫停午夜酗酒（唯一一次例外是，一位长得像雷神那么高大的新西兰朋友，在某个深夜喝光了他两瓶烈酒，谁也拦不住）。二〇一四年的一个冬日，深夜回家时，我在一个红绿灯路口，听到出租车司机轻微打鼾。自那之后，喝过酒他便收拾好次卧，或者干脆拿个毯子让我睡在沙发上（柜子里似乎有无穷无尽的毯子，我盖过十种八种）。第二天十点多，他泡好咖啡，在客厅里读着新闻等我起床。

阳光穿过一盆巨大的绿色植物打在沙发上。话题往往回到头天夜里，我记得喝酒时听他说起某个老脱口秀演员。他拿起遥控器，戴上老花镜，并不熟练地一个个翻找，在模糊的画面中陪我看他二十年前喜欢过的一个片段。人类实在太喜欢让自己快乐了，老脱口秀比老歌还动听。兴许我们还看过点别的什么，记不清了。旧日时光像一场不愿散场的酒，停下来就要忍受漫长的宿醉。

我对超市的意见

北京总在旧单位与新时尚间游弋。互联网界恨不得明天醒来就智能化一切，奢侈品界恨不得今冬就消灭秋裤，新永远希望替代旧，却并不总能如愿。人没变哪。我的工作半径不超过一百米，加上生活可能有一百五十米。其间有一家大鸭梨、一家按摩店、一家肯德基、一家711、一家壹刻送（基于旧日感情，所有人都称它京客隆）、两家口腔门诊、一家乐器行、一家青年旅社，总之乏善可陈。老头老太太们带着不知从何而来的永远幼齿的娃娃们在花园中日复一日晒太阳，院落深邃，人们从全国各地赶来，定居在CBD边缘难以置信的安宁中。

旧日不会远去，只要你还像从前那样生活。我还跟大学那会差不多，靠着不知从哪游荡至此的人喂活，一年临幸千儿八百个不同的厨子。人们组成家庭，买来柴米油盐酱醋，每天关心粮食和蔬菜价格，做出家里才有的味道。每只狗都有其生活意见，人更多。

壹刻送甫一成立便野心昭然，一刻未曾停下变革。生鲜区从中间调到右边再到前边，剔除了不少理应深受喜爱的选项。在几个角落里，能发现711都没有的日本制造生活用品，照顾着不知从何而来的需求。三只松鼠成了零食区显贵，傲视不远处的"恰恰""金鸽"瓜子。几次深夜购物时，听到收银员们讨论哪种湿巾最受欢迎（最后他们选了最差那种）。不一而足，是那种会给人以期待，却不会带来实质改变的变革。

我对壹刻送也不是全无意见，早上八点半，三元鲜奶最多只剩一袋。更多的时候，我懒洋洋走向办公室，身体里每一个细胞都渴望牛奶。半夜写作前，最好能喝点品相不错的、冰过的酒，壹刻送对此亦爱莫能助。这些意见我从未表达过，每次悻悻离开时都多少带走点什么。一个软弱的消费者，沉默的大多数。

终于有那么一天，我发现了推动超市变革的力量。壹刻送门口，如同许多地方那样，挂着毫无设计感的意见簿。下面没有桌子，按理说不会有什么人留言。但就连牛皮纸封面上，都已经写了几条。

"口香糖快过期了！！！"

"贵。"

"奶油有点硬。"

"进货的要把好食品（关）。"

"太贵。"

"太贵。"

"买不起。"

"贵。"

翻开是另一个世界。

有两位顾客就卫生巾提出了卓见，一位写上"苏菲夜用"，一位提出"苏菲裸感 S7 片装价格比外面贵很多"；同一位顾客就榨菜问题先后两次留言，认为超市应当进些"天源""六必居"的小包咸菜；同一位顾客就毛巾问题三次留言，认为只卖大毛巾并不妥当，缺少小方巾；关于货品意见委实不少，名列需求榜的有芝士片、贝蒂斯橄榄油、电动牙刷、俄式酸黄瓜、芬达、美年达、杏脯（果之恋牌）、金枪鱼罐头、文具、暖水袋、"京都念慈庵"润喉糖（水果味）、502、头绳、幼猫猫粮、帽子、奶酪片、干酪、酸黄瓜、加饭花雕（十年以上）、大桶桶装水、牛肉、君乐宝纯享酸奶、康师傅方便面；有一位顾客留言"多进点好吃的"；只有一位顾客专程写了"没意见",画上笑脸。

有些买主表达需求的方式实在特别,恭录于此。

"能否进镇江恒顺香醋?2018.11.6。"

没过多久,有人在后面回了个"+10086",表达赞成。

"感谢您的建议,我们会尽快联系供货厂商,解决镇江香醋缺品问题!2018.11.7。"超市很快回应。

"黑咖啡急需!!越南G7黑咖啡希望尽快补货!(那天因为没有黑咖啡,不小心买成三合一的了,气死我了!)"同为咖啡爱好者,此刻我完全理解他。三合一咖啡是无法接受的,植脂末和白糖不是咖啡伴侣,是咖啡敌人。

另一位顾客显然热爱体育,也热爱列要点。

"1. 经理你好,咱们店能否多进些体育用品,足球、篮球、排球、羽毛球、乒乓球之类的,也有助于生意兴隆!

2. 立顿红茶,不要奶茶,OK?"

意见中必不可少的怨言,几乎全部集中在商品价格上。"贵"字在九页纸中出现了十八次,伴随着"买不起",或是与其他超市价格的对比。有人抱怨冰棍硌牙,被人留言"还行"。有人提出技术性建议,"蔬菜水果只有码，没写具体买了啥，建议条码上打上具体内容，不然都看不出来哪个码对应……"

翻完这本意见簿只花了十来分钟，寻常生活便被从一侧凿了个洞。总有人为自己表达意见，至少在这有人倾听。漫长的拉锯中，人们会一次又一次发现，商场、超市并不是商品种类的独裁者。友人告知，这意见簿活跃异常，早被写满过，如今是一本新册。过去许多意见已被吸纳，带来了那些稀奇古怪的新品。我打算春节之后，重走一遍货架，看是否新添了金枪鱼罐头或是俄式酸黄瓜，如果有小方巾，也同越南 G7 黑咖啡一道买回去。

童款乐高

属于今天的回忆是,在肯德基例行买早餐时,管大堂的阿姨忽然叫住我说,送你个礼物。她弯腰到储藏区扒拉半天,找出一个适合十四岁以上儿童拼的小乐高递给我。即便回到对小玩意有所痴迷的年纪,我也不会想拥有一个肯德基玩具,但毫无疑问,这将是我最珍视的玩具之一。人在这世上太需要善意了。一个会说你好的网约车司机,一个会跟你打招呼的保安,一个叮嘱你应该怎么收拾家的保洁阿姨,便是一个美丽的上午。好在岁月给了我足够多善意。今天这事提醒的是,劳动人民始终对我关爱有加。几任顺丰小哥开口都像认识十年以上。煎饼摊阿姨见了就说:"你到旁边买点别的,还是老样子呗?"理发师会继续上次没说完的话题。最近唯一的困扰来自写过多次的健身教练，长话短说，自从他离开这行就去做了销售，干不下去便回到东北创业，赶上疫情赔了个精光，又回到北京继续做健身教练，我们重新成了球友，就在过去那种日子重续两个月后，上次打球后他说要离开北京去南方，留下昂贵的球拍给我暂时做个念想。"哥，我会回来的。"是啊你会回来，可大雁南飞后都会老一岁呢，何况闯荡的汉子。写到这里矫情劲有点上头，一个人站在漆黑的夜间，前不着村后不着店地心里一阵暖。

风雪西北路

站在西海固萧瑟的山风里，人们从山顶遥指半山腰一棵大树，老牟，一个脱贫不久的农民，曾在那安家数十年。房子早已不见踪迹，人亦远去如浮萍。说起往昔，他曾在整座山上撒满麦种，期待着一场雨能让它们发芽。到收获季节，沿着整座山行走，一根一根拔出结了穗的麦子，算是全年收成。那是朝不保夕的日子，像戈壁枯草一般绝望。他的新房子就在山下一条大马路边，新砖新瓦如洗。九头牛在簇新的棚子里哞哞作响，一地玉米上坐满了孩子。这是一个有关致富的故事，像千千万万个其他故事一样。人穷久了富，像地旱久了下雨，都是值得欣喜的小事。我眼见每个故事铺展开，又自行合上。

大地蒙着绿幕。头天大雨,转天暴雪。我们的车差点被一辆躲之不及的大货车撞飞。在残留的惊恐中,一路盘旋上六盘山,下车裹着风衣瑟瑟发抖。我遇见风雪却温吞如水,拿起手机抓住几抹飞驰而下的光。时间在此静默如迷。

须弥山在六盘山包围下,有我期待已久的石窟。佛教中的须弥山缥缈神圣,宁夏的须弥山沧桑粗砺。站在石门关前凝望大佛,一条大河静静流过。历史由地理催生。打这出去便是西域绵延,一夫当关之地,最是气象万千。大佛伸手向前,喝止来人,又似在迎宾。过去,从这里向西便是西域,从这里归来便是故土。告别,或是踏上归程,总得有那么点庄重感。如今,它是个安详的旅游景点,不温不火,不妄自菲薄。

向西,再向西,是一条千年不变的流水线。凌晨两点在乌鲁木齐上空俯瞰,黑夜中雪山苍茫悠远。无论冬夏我都愿意坐上去新疆的航班,因为总要飞越雪山。城市中可以望见雪山,便有了难以名状的气质。一个人喜欢大西北是种运气,这意味着纵使生活变得像团扯不开的毛球,心中依然有处空旷地方,逼急了纵火,惹毛了撒欢。吃完拉条子吃烤串,直到开车时肚子顶着方向盘。

到了库车，天色渐晚，我们的临时司机，一个敦实可爱的少数民族朋友，把油门加到底，鸣着笛冲向塔里木河畔。沿途是灿烂的、黄色的胡杨林和白色丝带一般的河水。只有零星一两辆车迎面而来，在他疯狂的鸣笛和发动机轰鸣中纷纷避让。离开胡杨林那一瞬眼前豁然开朗，大河落日，由不得你组织语言。他带着我们与时间赛跑，冲向风景塔，沿着旋转楼梯冲刺到塔顶，每个人弯下腰大口喘气。凛风掠过半空，夕阳已贴近地平线，提前给许久之后的记忆蒙了一层金黄色，我们没有浪费此时此地丁点好意，站在比胡杨林还高的地方呐喊。

再见猎人

来到海拉尔这几天,我一直蜷在厚厚的衣服里,精心计算着哪寸皮肤可以暂时暴露在零下三十五度的清晨。此刻我哈着浓重的白气,看司机李哥一步步把车热起来。在极寒之地,发动汽车和开车都不那么容易。来的那天,在出租车上抱怨寒冷时,司机大姐颇不以为意("这才零下三十来度呢")。她说起零下四十多度的早晨,在车里打火像面对一堆废铁。又说起一个外地司机,在当地维修站加完机油便把车停在路边,第二天怎么也发动不起车,去维权时被一通嘲笑。没过多久话题转到她十一岁的女儿身上,聊起如何在漫长的寒冬里养孩子("买了本书,照着上面养")。寒冷似乎会影响一切抉择。

李哥已经热好了车,看着我们把自己塞进越野车后座,手忙脚乱地收拾着御寒装备。车窗外是半米深的雪,还没有车轮压过的痕迹。李哥带我们冲向未知世界,平稳地开到了时速八十公里。车上依次响起他的二百八十六首音乐,两天来已经播放了一大半。东北地区似乎有独立的音乐网络,他播放的每一首歌我都闻所未闻,主题包罗万象,劈腿、出轨、养小三、一个人带孩子、出门借钱、同学攀比、养儿方知父母恩,车上每每因为歌词响起一阵惊呼。我们生活在北京,像活在宜家前一季流行的两居室里,对世界处处小心。如今听着这些歌冲向大兴安岭北部原始森林,感觉自己成了一片土地的主人。

车子走走停停,在原始森林中间穿梭。森林静默无声。踩在白雪覆盖的白桦树与落叶松中间,看着它们才像拳头那么粗,身姿细长,跟岁月有劲可较。此刻我们在雾凇中间走动,每一棵黑色的树都被霜雪抹白了,地面洁白无垠,连野兔爪印都见不到。无人机飞上天空俯瞰,发现树梢上也遍是白色星星点点,只有人和汽车是突兀的彩色。什么保暖方式都没用了,在车外面溜达十来分钟后,我便逃回它温暖的腔体,铁了心透过车窗铭记这摄人心魄的美。

几天后,我们在密林深处抵达敖鲁古雅乡。我或许从未到过这么小的乡镇,《中国县域统计年鉴》里介绍此地,"有营业面积超过五十平方米的综合商店或超市一个"。还有二百三十多位使鹿鄂温克人。其中一位是古革军,他顶着一头灰白长发走出"撮罗子",用深邃的眼窝盯着我打招呼。这个中俄混血儿,鼻梁高挺,模样十分英俊。他邀请我们走进景区,里面有他圈养的驯鹿。入口左侧写着"根河敖鲁古雅",右侧"中国最后的狩猎部落"。一块"敖鲁古雅鄂温克族历史溯源"展板挂在两根白桦柱上。前面有个旅游团刚下车,人们正兴奋地围住几头驯鹿,抓住鹿角,对镜头比出剪刀手。

如今古革军的生计是表演曾经的自己。他穿着传统服装,留着打猎时来不及修剪的长发,在景区里来回走动,供人合影留念(门票高达六十元,想必服务已经写在价格里)。谁若对猎人的生活上了钩,他的商店里还有鹿角纪念品可供留念。老古一口东北话,跟其他东北人一样爱开玩笑("少数民族留长发跟大家合影比较有型对吗?")。如今这位前猎人是一位年入百万的富翁,靠着鹿茸、鹿角、鹿胎盘、鹿心血、手工艺品和人们对游猎民族的想象过活。我是他又一个游客。此刻,距离最后一个使鹿鄂温克人把枪交给政府,已经过去了十四年。

"我跟着上山打猎的时候还没枪高呢。"

"春天水一化,野鸭子来了,直接打死不行,还得下去捞,水多冷啊。一枪打它边上,吓得鸭飞起来。刚飞到岸边,'啪'一枪完事。什么鸟飞过去都得掉地上。"

"打猎的时候,跑起来追犴,那可真叫一个长发飘飘。"

或许旧日只在酒后闪光。收走了枪,在森林中搭"撮罗子"(用木杆搭成的圆锥形小房子,顶上开口,夜里可以看着星星入睡)生活的日子就此结束。不能打猎之后,猎人们只能安心养驯鹿。男人女人们开始酗酒,几乎每年都有人死在酒后。就连老族长玛利亚·索,也失去了两个酗酒的孩子。洪水过后,谁也拦不住一场滑坡。

猎人们并不住在这个给游客们看的"部落"。我们开上车,在夜晚到来前赶到他们定居的小区。整个下午,李哥一直在车上睡觉,对于这番探查全无兴趣。聊起老古,他撇撇嘴:"一天不知道喝他妈多少酒,泡在里面了。"我们继续放起震天响的音乐,开到一个摆满冰屋的广场。使鹿鄂温克人如今居住的地方,同样是个景点,当地请芬兰人统一设计了北欧风格建筑群。内蒙古猎人与北欧建筑之间是个奇怪的组合,我猜这么设计的原因是驯鹿,尽管使鹿鄂温克人养鹿由来已久,但在现代社会,驯鹿是专门为圣诞老人拉雪橇的。欢迎来到符号组成的文明世界,猎人们。

不过那天文明之间略有冲突。正好是圣诞节，一座写着 Ice Hotel 的冰屋里已经点亮了红蓝交替的灯，等着活动正式开始。最终什么都没发生，圣诞老人爽约了。人群在零下近四十度中早已失去耐心，四散而去。回到车里我有些摸不清状况，我们可以为养驯鹿者建北欧风格的房子，却在最后一刻选择不让圣诞老人现身。我的猎人朋友们却早习惯了，他们过去所做的几乎都是错的，现在想必对不到哪儿去，生活正在推倒一切重来。

老古十分迅速地进入了新角色。他穿上民族服装，牵着驯鹿走进过北京保利剧院，上过湖南卫视王牌综艺《快乐大本营》，一次次面对媒体镜头露出英俊的笑容（这何尝不是另一种游猎）。即便是这样一个新生活的宠儿，依然对曾经的日子念念不忘，电视上看见猎枪都觉得手痒。他反复念叨一位本民族诗人维佳的句子，"桦皮船漂向了博物馆"，"篝火点亮了旅游景点"。

我找到其中几首。

> "一段古老的传说正在消沉
> 他们在美好时分受尽命运的欺凌
> 苦痛更新，哀叹又升

……

鹿铃要在林中迷失

篝火舞仍然在飞转

桦皮船漂向了博物馆

那里有敖鲁古雅河沉寂的涛声……"

"传唱祖先的祝福

为森林的孩子引导回家的路

我也是森林的孩子

于是心中就有了一首歌

歌中有我父亲的森林母亲的河

岸上有我父亲的桦皮船

森林里有我母亲的驯鹿

山上有我姥爷隐秘的树场

树场里有神秘的山谷"

我反复读这些短句子，想象一个狩猎的诗人，或者一个写诗的猎人。一个濒危民族的诗人，想必比其他人携带了更多火种。

第二天，按着当地人指引，我们在北欧建筑群中，找到"柳芭家族油画展"。柳芭是维佳的姐姐，从中央民族大学美术系毕业。她的画作曾引来众多艺术评论家称赞，作品具有相当的复杂度。整个家族似乎盛产艺术家，这个房间里有柳芭、维佳与他们的母亲巴拉杰伊、柳芭的女儿姚娜等人的画作。维佳是个猎人、诗人，也是画家，但他画的几乎全是驯鹿——驯鹿驮着东西搬家，老人骑驯鹿，男人给驯鹿喂盐，驯鹿喝水、月下撒欢、寻找苔藓、在北极光下发呆，不一而足。依我之见，他的画笔比写诗的笔笨拙不少。

专业画家柳芭以细腻的画笔表达了更多主题。她几乎没画驯鹿，而是将爱情、男人、独处的女性和思念这类主题，画在森林、河流与山岭中。她的作品中没有对驯鹿或是旧日生活的怀念。这或许因为她死于二〇〇二年，鄂温克人被收枪前一年，只是死去的方式像是难逃宿命——从城市回到山林后她染上酒瘾，一次酒后洗衣服时，溺死在浅浅的溪流中。

画展的保安是两个四五十岁的汉子，遇到陌生人便想开口聊天。其中有一个正是鄂温克人，他指着维佳的几幅画说："都是被他那个媳妇带到海南之后画的，看着大海画驯鹿，你说这家伙。"原来诗人曾为爱情去往中国最南方，最终铩羽而归。他在海边对驯鹿的思念，被旧日爱人打包寄回。

时隔多年，古革军还记得年轻气盛时，跟萨满起了冲突，背着枪出门一个多月，只有猎狗逮到一只山鸡。下次出门前，萨满刀砍桦树施咒，他果然轻轻松松就打到猎物。真真假假的故事中，猎人踏上祖先闯出的路，如猎户座般沿着既定轨道前进。如今这条轨道像被撞停的车，使鹿鄂温克人也没了萨满。最后一任萨满死在一九九二年，从此无人继承。成为萨满需要天启般的传承，传说被选中的人会在路上遇到一件信物，只要捡起来，便自然会了咒语。过去这些年，有几个族人声称遇到过信物，却无人捡起。现代文明在人心中战胜了萨满（有病有灾去医院就行），曾经深信不疑的神迹，如今像发生在别人身上的故事。

我想起小时候在村里，生了病、受了惊都被母亲带着去找神婆。她总念念有词，一双粗砺的手摸着我的脸，细致入微地分析问题到底出在哪。那些话有难以置信的好处，我还没记得她失灵过。只是每次她成功后，我们都像赌赢那样长吁一口气。神明毕竟遥不可及。后来，我们不舒服了都去医院，就像鄂温克人一样。没有明面上的原因，只在人心中有不着痕迹的计算。现代文明对扫平任何角落都不厌其烦。

你得承认，同样是现代文明摧毁了森林，鄂温克人没这本事。千百年来,他们总在内蒙古、黑龙江一带穿梭,跟着驯鹿与猎物迁徙,早留下了不少规矩(比如,"熊瞎子搞对象的时候不能打")。但曾经的猎物,已经稀少到成为保护动物。原始森林里,也不再有过去那些粗大的树——现代文明刚刚就这事觉醒没多长时间,重新种下的树看上去尚未成年。

我们驱车穿梭,从根河到敖鲁古雅,从阿龙山到奇乾乡,一路开到额尔古纳河右岸,望见对岸俄罗斯莽原绵延,夕阳落入漆黑的落叶松林,我才意识到为何这些地方都以鄂温克语命名——这一路,是逆着鄂温克人祖先当年的迁徙路线在行驶。几百年间,整片森林属于猎人们。

使鹿鄂温克人从游猎变成定居,让家园变成了一个具体的地方。猎人们不但失去了枪,失去了萨满,还失去了继承人。孩子们没摸过枪,不曾生活在没有网络信号的山林。过去的一切如今都在"敖鲁古雅鄂温克族驯鹿文化博物馆"里,有桦树皮船、鹿皮衣服、口弦琴、针线包和四支猎枪。我站在里面四处张望,像看到几个世纪前某个民族的生活痕迹。博物馆试图帮助过去永生,最先做到的却是让它们速朽。

不久前的秋天,河流顺山而下,冲刷岩石、草丛与森林，肆意穿过山路中间。这里已几乎是无人区。二〇一四年，一道禁伐天然林令，驱走了全部伐木工人，把原始林区还给了犴、狍子、黑熊与野猪。冬天来临后，河水在路面上留下些十几米甚至几十米宽的冰包，一天之内我们居然遇上了五处。李哥经验丰富，也不得不下车勘查良久，选出路线，才小心翼翼开过去。到了奇乾，只能看到森林公安巡逻，路上空无一人。原本剩下九户人家，去年、今年分别有一人死去，变成了七户。一只灰狗扑上来，带着久别重逢那种亲近抱住我，带着压抑不住的喜悦。它的主人，一个上了岁数的女人，向我重复喊着，"这里没人住"。一群奶牛漫不经心地挡住去路，在空空的旅馆牌子下发呆，在夕阳下喷出长长的哈气。我所遇到的每个生灵，看起来都受够了孤独。

维佳在半醉半醒间，书写着最后的呐喊。他比所有人都嗜酒如命。我没能见到诗人的原因，是他在几天前一场大酒后，捅了自己两刀，堪堪救回一条命来。

> 我从弓与箭的文化环球
> 来到了原子弹的时代
> 他们把我抛出去
> 我们的文化正在消失

语言和制度也在消失

还有四个猎民青年

被带上了法庭

这是对狩猎文化末日的审判

审判吧

审判

  坐在温暖的汽车里，我听完了那一年东北地区流行的俗歌。告别这出旅行时，每个人都有些动容。冰天雪地让人情感炽烈。对很多宏大的事情我都感到头疼，它们不像人的喜乐哀愁那样长驱直入，反倒在恢宏的身影后留下一团毛线。我能欣赏的是，有人喜欢开车进入密林深处，有人怀念在白桦树丛中向穿林而过的公熊开上一枪。人类总归值得一爱。

世有未竟之访

西安城里时空垛叠,头一次来容易误入玄奘法师秘境,奔大雁塔而去。观自在菩萨,行深般若波罗蜜多时,照见五蕴皆空,度一切苦厄。凡有书法字帖处,皆有此经。东方现实与幻想间并无明确分别,一步之遥便是两个世界。历史亦长久矗立于现实间,任凭老陕鼻音轰鸣,肉夹馍香气穿堂而过。灰色城墙宽如平地,人们在上面租了自行车,往返东西之间,俯瞰城市气象。城里两座兵马俑,亦能将人带回两千年前,虽说其中一座几年前匆匆建立又被匆匆销毁,只骗过相当有限的外地游客,却留下了一些传说。

即便如此,城中心这座别墅门一开,也迥异于常。哈萨克斯坦女主人坐在客厅里,背景富丽堂皇,其人体态雍容华贵，罩在一件格子衬衣里，不时发出直率的笑声。屋子里充满牛皮、丝绒装饰物，铜雕上镶了绿松石、宝石、珊瑚一类的玩意儿。仔细端详，会发现客厅一半是哈萨克风格，另一半是中式。她张罗着客人坐下喝茶，一张口居然是陕西话，"额"个不停。异乡人的兴奋劲一过，便很难忽略靠在门框边上的陕西汉子。她丈夫。

那晚剩下的时间里，我们撇开其他人，喝尽几壶茶，聊起过往。他欠身、起身，不时在房间里踱步，很少停下。此公不屑藏富，性格十分老陕。算起来，他有八个工厂，养了六个娃，还有几匹马、几条狗（据说都是名犬）。我亦未能免俗，追问财富来源。

九十年代初，他去哈萨克斯坦淘金。苏联一解体，曾经分工极为细致的工业体系，便让各国吃尽苦头。哈萨克斯坦人发现，本国没什么轻工业。这个退伍军人发现的商机是，当地连火柴都没有。

"一天发九个火车皮过去，全是火柴，回程就运木料，把美元塞在木头缝里。"就这样，"九二一代"下海吃苦之际，他已怀揣三百万美元去银行存款了。

刚进银行报完家门，保安蜂拥而至，将其按在地下。在那之前不久，银行大额美元失窃。那年月不是抢了银行，谁能有那么多钱？

"额就问，你们丢了多少钱嘛？他们说二百万美元。额说你点点，比你整个银行美元都多。"银行很快发现失敬，向这位大客户赔礼道歉。

青年得意马蹄疾，没过多久他便在长安城挥霍完了这些钱。说到此处语焉不详，想来年轻与冲动从不分离。钱花光后，他带着火柴再次走出国门，又挣来三百万美元。

没我陈述得这般容易。最初摆地摊，零下三十度也得忍，不吃饭才是家常便饭。后来，即便他富到可以租火车专用线，还得面对极不正常的通关时间，一旦放行令下，运货便是场战役。

最危险一次，他被人用长枪指头，跪在地上听天由命。靠着胆识与运气逃脱后，痛下决心，在中亚土地上积累了深厚人脉。十多年后，他不无骄傲地带着大笔财富归来。

那年月外贸遍地生金，和他一起闯荡的兄弟不少都实现了财务自由，有人靠倒卖音响在成都有了一条街的商铺，有人"不听话"最终赔得无处翻身。富豪的故事充满了戏剧性转折和对过往经验的自信。就连家里六个娃都对半分，一半中国籍，一半外国籍。"额们家吵架是国际争端。"

"额这一代都叫倒爷，可是也做出了巨大贡献。没有额们，哪来钱发展。"他肩膀宽阔，身材敦实，衣着像刚从高尔夫球场下来。脸上虽说皮肉松弛，却掩不住一些纯真。考虑到我们刚见面一个多小时，此公算得上口无遮拦。

"你想不想写写额的故事嘛，你要想写，额带着你去全国各地见见弟兄们。"

想啊。

"你觉得多少钱可以做成这事儿，先给你十万行不行？"

太客气了，先别谈钱。

"额觉得中国梦一定会实现，不爱国一个人啥都不是。"

是啊。

"额现在自己出钱拍中国故事，在哈萨克斯坦推广中国制造。老婆拍片子宣传中国，额给了她好几百万干这事。"

不及深夜，便到了告别的时候。我俩眼中放光，意犹未尽。那些枪口下淘金的岁月，对写作者来说实在难以抗拒。我们约定，等过段时间闲下来，便开启这个计划。那是二〇一四年五月的事，在那之后他打来过一次电话。这些年里经常想起他，后悔因为准备不足而错过，正如我掀开过许多故事的盖子。采访对象，萍水相逢之人，镇上的老传说，书里的偶像，大众的宠儿，刀尖上跳舞的朋友，他们短暂出现，留下一些不算完整的片段。若是有心人应当追问下去，我总想推到明天再度一切苦厄。如今就是那天的明天，手中还是残卷。世有未竟之访，才有抵抗遗忘的探寻。

苏联母亲的护照

听完我声音低沉的转述,芭莎不到两秒就回过了神。

"北京冷吗?哎呀妈我们这老冷了。"嗓门巨大,我不得不把手机拿远了些。

"比我去那会零下四十度还冷?"情绪感染,我也开始吼。

"冷多了!"

"你可别出门,那么大岁数一老太太反正也没人愿意看。"

"哈哈哈哈,我就出门臭美!"

准备好陪芭莎哭的情绪、台词全失了效,只好现挂逗她乐。这老太太是我知道的第二个芭莎,第一个是时尚芭莎。然其人也,腰、腿、胳膊都比我粗两圈,矮一头,似与时尚无缘。无须深交即知,她和妹妹娜哒都是天性乐观之人,那股劲从嗓门开始便挡不住。

但她竟然不哭,实在太莫名其妙了。

我在冬日穿越了大兴安岭北部原始森林才到她家,那会已是下午四点,天光暗沉,鹿头骨挂在门口,被夕阳打出漂亮的轮廓。门口炭火冒着黑烟,一只土狗疯狂吠叫。到过极寒之地的人都知道,打开门就是另一个温暖世界。打开她家门比想象的反差还大些,若不是一句带着东北大碴子味的"赶紧屋里暖和",还以为已越过额尔古纳河,进了西伯利亚人家里。

芭莎和娜哒都是典型的俄罗斯面孔,皮肤白皙,柔软的鬈发被岁月吹得发灰,大脸盘轮廓清晰。东北话是适合聊天的语言,姐妹俩轮流应付我这个喋喋不休的来客绰绰有余。娜哒拿平底锅为我们一行二十人做俄式煎蛋,在局促的空间里,她敲碎一个又一个鸡蛋,边嫌我碍事,边讲述其所经历的一生。很幸福的一生。娜哒今年五十二岁,年轻时看上一个内蒙古西部的穷小子,自定终身,"我就把他给娶了,到我家生活"。她不是没考虑去夫家生活,去住了没两天,适应不了蒙西艰苦的日子,拉着老公回了娘家。从最开始她便这样横行霸道,一天到晚以发脾气为乐。倒也没多大脾气,发泄完之后自个都记不住。相处久了,有那么几天不发脾气,她家老头便来关切地问:"我的老婆不爱我了吗,怎么最近都没有情绪?"只有听到这样的生活细节,才感觉这更像俄罗斯家庭,不似普通中国人那般内敛。

说来轻巧,那年月并不容易。她与姐姐芭莎都在当地苏沁牧场干到退休,"银(人)家让干哈咱就干哈"。退了休,她去孙女读书的地方租了房子,打算陪读到十八岁。独居异地辛苦,这个乐观的老太太很快重新找到乐子。微信里,同在这座城市的老相识们建了名目繁多的聊天群,她跟年轻时的朋友们一天到晚聚会、谈天。终究上了岁数心眼多,老太太总捂着不让我看手机里谁是新相好。

芭莎比她年长九岁,也被生活压弯了腿。她跟自家老头用同一个微信,更多时候,是老头在给我发微信。芭莎经历过许多苦难,在零下四十度过一贫如洗的日子,并不是件容易事。整整半个晚上,我们都在有一搭没一搭地回忆过往,那些没饭吃、没衣穿的日子。有些年头,米面油全靠赊账,一年下来分文不挣还要倒贴。

她不经意间说起,即便在那样的日子里,从苏联来的妈妈,一直保持着旧日仪态,只穿裙子,从不穿裤子。

妈妈的话题一开,炉火烘烤的房间里气氛顿时冷却不少。显然,这位母亲经历了莫之能御的时代洪流。她从苏联迁徙到中国,又在有生之年经历了故国消亡。

芭莎搬一把椅子到卧室,在壁橱最高处掏出一个皮包,拿出两本证件。一本是外国人户口簿,上面记录着"国籍:无"。在那个特殊年代,妈妈无国籍,女儿们顶着白脸庞、黄头发、蓝眼睛,在学校备受欺辱,年近花甲之际,芭莎和娜哒对生活在社会边缘依然记忆犹新。

"你见过线麻吗?我妹妹小时候头发就是那个色,黄黄的。我们在学校受气呀,我给她染成了黑色。"芭莎还记得,"我们就是苏修特务那种的。"

一九八九年,兄弟姐妹六人合计了一下,带着妈妈去北京找到苏联大使馆,为她办了护照。

"队排得老长了,妈妈在门口用俄语一打招呼,就让我们进去了,不然得整宿在那排队。"芭莎说,妈妈办护照也不是为了回苏联探亲,只想证明自己不是无国籍。末了,大使馆还给了他们八百块钱来回路费。

谁料造化再次戏弄了她们的母亲,一九九一年,苏联解体。这位叫巴拉维娜·戈基琳娜·彼得洛夫娜的苏联人,再次变成无国籍人士,直到一九九七年去世。

整整二十年后,坐在我面前的两个女儿,说起妈妈依然泪流不止。从妈妈身上遗传的特殊长相和出身,让她们在当地倍感压力,却也引来了外人猎奇。上世纪八十年代,一个台湾媒体团来到边境小镇,为其全家拍了几张照片,登在了报纸上。有一天,芭莎听人说,妈妈的照片被挂在一家俄罗斯风格的餐厅里,以示餐厅风格正宗。她们气呼呼赶过去,把相框摘下来带回家。

"饭店那人说,'我花点钱你卖给我'。气得我说,'你说人话还是鬼话'。想揍他了都。"芭莎胖胖的身体一起一伏。

她去仓库里找来饭店里悬挂的照片,依然崭新如初。家里孩子小,她怕相框被打碎,一直没挂出来。那天晚上给我看完,她忽然想起孙辈都长大了,决定从此在家里挂上照片。照片里,身姿挺拔的妈妈用俄式扁担挑着两桶水,深邃的眼眸露出笑意。

整整二十年,这群孩子都有个心结,不能让母亲离开后,依然是"国籍:无"。在当地销不了户口,便希望如当年那样攒点钱去北京,到俄罗斯大使馆,为母亲注销苏联护照。这念头盘旋已久,奈何经济条件有限,又地处边陲小镇,迟迟未能成行。

那天晚上离去之前,我答应她们,尽我所能打好前站,去俄罗斯大使馆问清楚。一出门,我便在朋友圈求助,很快,来自部委和媒体的朋友们提供了帮助。当然,如我一样，大多数人不得其门而入。商务部一位朋友找部里与俄罗斯使馆有往来的人帮忙去问，俄罗斯领事官员竟也茫然，只好回去查了规定。他的回复，我如实转告了芭莎——苏联刚解体时，护照在有效期内的，可以换发俄罗斯联邦护照；如今已过去近三十年，无论当时如何，护照发放国家主体已变更多年，护照本身早就失效，并无注销一说了。

如今故事已然告一段落。一群迁徙至此的苏联人，在中国几十年间扎下根，经历过这个国家所有起伏，变成了你我一样的普通人，成家、上班、退休、看孩子、攒钱。为母亲销掉护照的执念，是特殊岁月拖下的尾痕。故事无疾而终，不尽如人意。听到芭莎因此回复放下执念，我甚至略感错愕。也许这条冷冰冰的信息，在她心中画掉了"国籍：无"那几个字。放下电话几天后，我终于放下这不知从何而起的执念。

失败者之歌

第一天

界尊打入神殿那天,我开始第一天隔离。窗外是一个小学操场,学校和孩子们共同努力,每天早上八点准时把人叫醒,下午五点还你自由。被吵醒时,我眯着惺忪的睡眼,试图看一会界尊打人,让自己暂时拥有一个美好世界。此书已经读到第三千六百多章,从半年前读完所有存货开始,每天便只有一章更新可以期待。看着他从被挚爱斩杀以至于转世重生,到逐渐成长为一代英杰,共同经历了数十万年岁月。如今,他已成长为诸天级别的大人物,开始影响宇宙格局和未来大局。此刻,界尊的独生子——跟当年杀了他但后来证明是为了他好的爱人(听我解释,她真的有这么做的理由,用了几乎一千章所以恕难展开,深沉的爱往往不直观)所生,儿子出生时两人尚未冰释前嫌所以随母姓——刚刚在神殿被神秘人所杀，虽然可以在另一处找到残魂重生，但此刻他要来寻仇，这既是桩私仇，也是为重新分布宇宙格局，以正当的名义打上门来。

我对这个男人，比对大部分朋友熟悉得多。在漫长的三千多章里，他前世今生所有亲戚、朋友、情人、小人、敌手都如此清晰。没有什么七拐八绕的事，有的是一个从小人物成长为神尊的辉煌历史。主角遭人背叛过，经脉被打断过，曾经神功尽失，还曾踏入时间长河一窥究竟。他背负着大气运，一步步走到今天，在天庭、地狱都威名赫赫。太多好女人爱他了，她们冰清玉洁，又人格独立（天哪，我不是在扯谎），深爱却不依赖他。历史上从未有过这样的人物，当我们说起历史时，比恐龙存在的时间还要久远。如今其战斗力，是一击之下碎无数星辰。但按照全书设定来看，这位年少始祖还需要两千章才能走到神境巅峰。

最早看网络小说，是出于纯粹好奇。有那么几年我每天坐地铁上下班，暗暗观察人群喜好。一半的男人在玩游戏，另一半在看网络小说；女人们五花八门，精彩得多。跟现实世界一样。游戏我已经知道了，内心深处对它毫不反感，但肉身始终无法享受这份美丽的快乐。网络小说则激起了我多年来的好奇，作为一名写作者，难以抵制庞大读者群的诱惑。传统作家们至今不承认,其实他们没读者了。大约二十年前,一个说法便流传至今,中国人一年读不到五本书,与之相对应的是日本人、英国人、美国人数十本,最高峰是犹太人,六十多本。恕我直言,假如统计数据是真的,很可能没计入网络小说。即便计入了网络小说,也忽略了正常小说三十章结尾,网络小说三千章才算行至中途。以我今年的阅读量,可以折算成读过五六百本传统书籍。一入此门,方知文字有另一重境界,它可以直接对抗影视,对抗游戏,对抗人类其他一切娱乐发明,仅仅用洞穴中发明的那几个方块字。我曾以为金庸小说是阅读快感的极限,如今想来一声短叹。读者,也就是我们,想必是一个个人生的失意者。在娱乐时,完全不需要逻辑、理性或者忍让,只想着站在高处一泻千里。若不是读了半年网络小说,我还不明白社交媒体上有些词从何而来。

十点钟时,窗外跑出一个班的学生上体育课,初春的阳光被大风吹得摇摇曳曳,似乎不携一丝温暖。孩子们规整地站成一排,听一个粗壮的男老师训话。体育课犹似军营,发号施令者期待自己拥有无上权威。他的话很难听,但行之有效。宣布下课的那个瞬间,孩子们露出真容,一哄而散。看着八九岁的孩子,很难不想起自己年少时的情景。那年月体育老师不但训话，还会抬腿踢人，抬手一个耳光。没被打过，曾是年少时我一桩成就。

第二天

窗外草木由灰渐绿，莫名想起十岁那年只有我和奶奶两个人过。她是最后一代裹小脚的女人，行动极为不便，早早拄上了拐棍。祖孙二人待久了无话可说，日复一日地沉默生活。从那时起，莫名觉得这世界有其深不可测的目的，而我背负重任。很难用语言形容使命。不怎么说话的时刻，人在思考大问题。

早餐吃多了，这让我心怀愧疚。一个人来自北方农村，他就要做面食终身的仆人。但在现代社会，连微胖都罪无可赦。我在短暂的快乐和长久的禁欲中与自己缠斗。体重计不会骗人，已经真真切切瘦了十斤。镜子里，脸上只剩一个下巴，眼睛正贪婪地看着自己，打量着稍有富余的衣服，满心期待着再瘦一些。但这顿早餐是个不怎么妙的苗头，水桶一旦开始漏水，缝隙终将被冲开。

整整一个上午，我满脑子都是这些事，紧张地在屋里转了几圈，希望腿耗走了足够热量。

楼上（或者楼下）在打电话。这里隔音不好，听得一清二楚。我拿起一本书，又放下。给杯子倒了水，又忘了喝。听了会楼上说的话，毫无兴趣继续下去。（为何有人会对监听乐此不疲？）窗外操场此刻安安静静，早上七点多就升过旗了。学生们关在屋里，我也关在屋里。人在他们这个岁数还没有真正的自由，就连体育课和课间操也不过是钻进日光下的笼子。我这个岁数倒是有自由，除了近几日。但自由时我在干的事儿，与世相处的心情，似乎也没好到哪里去。人就是这样的，抱怨戴着镣铐跳舞，摘下镣铐不会跳舞。现在我望着窗外安静的窗，只因看到世上有同类而不觉烦闷。

新闻上说，北京空气已经好多了。从窗户望出去，恰是一个阴霾天。人在屋里待着，不用非得跟天气有什么瓜葛。我躺在床上，想起一些晴朗的日子。这个季节，开车去北京城西找座山，想必在七绕八拐间会望到漫山桃花。或者可以去大觉寺一带，沿着铁路走向贝家花园。我见过有人骑着摩托车，试图在精巧的操控中，沿铁轨一路前行，最终他摔在轨道下厚厚的石子地基里。若不是疫情，还没发现北京有如此多的山。它们个头都不怎么高，爬上去虽然要费一番力气，但最终总让人如愿。北京是一个这样的地方，就连山也不例外。

夜来时想喝一杯。这里并不供应酒，但我早为这样的时刻做过准备，记忆中深藏了几种酒的滋味，从气味到舌尖触感，分毫不差。夏天到来后，我会喝四个月啤酒。我喝不多，每天一小瓶，冰箱的一半都塞了啤酒。总得小心翼翼去维持它们的比例——一两瓶拉格、十来瓶 IPA、五六瓶淡色艾尔、三四瓶啤酒花特异的酒、两瓶世涛。每隔一个星期补一次货，望着它们就像看着一个数额不菲的银行账号，对生活充满劲头。

有只野鸭飞到树顶上，半夜里鸣叫不已。深夜并不真的静谧，只是换了主角。

第三天

早上七点多，醒来再也睡不着。听到窗外放国歌，往操场看了一眼。几个小学生正走在路上，忽然站在原地，冲着国旗行队礼。

我需要写完一篇长文章,但手边的零食和饮料不足以支撑这个漫长的上午。打开常看的新闻 App 和社交媒体,浏览半个上午后,叹口气放弃追逐。文字新闻已经走到穷途末路,图片也瞪着干枯的双眼。也许短视频平台是对的,最终人们只需要远方短促的共鸣。在我有限的浏览经历中,居然看到三五位同窗(十年未见,算是硬攀)正在走红。视频里他们看起来不那么像自己,但谁敢保证,透过文字,我即是我?想必我们当年虽然在一个教室中学习,但遇到的不是同一张考卷。此刻答案并不明朗,但谁也不许偷看。

时移世易带来的冲击远没有午饭大。我咽下去远超计划的食物,其中还有一整块葱油饼。

第四天

午饭后我计划散会步,但一个老朋友执意电话聊一会。最终这持续了两个小时。

"我遇上了感情骗子。"他言辞恳切,条分缕析,看上去十分清楚现状。我花了些时间，完全听懂了他的意见。这个骗子经验十分老到，总是欲擒故纵，为他种下了强烈的得失心。他一遍遍问我："你觉得她在骗我吗？"

煲电话粥时，窗外的爬藤顺着窗楞爬出半截身子。一只不叫的布谷鸟踩在上面，安静地听着对话，直到我走近时振翅高飞。此刻春光正好，人世间却有数不尽的烦恼。电话那头进入尴尬的沉默。我劝他稳住本心，不妨每日试试冥想。不曾想，他懂的比我还多。接下来的半小时变成了冥想爱好者沙龙。他给我一个个分析自己遇上过的冥想师父，每个流派带给他的心理冲击。最终问了句："你觉得他们是骗子吗？"

电话中我侃侃而谈，装作一个可以给出答案的朋友（此刻他只需要这个）。人在遇到困惑时需要的只是一个坚定的支持者，理性分析需要留给时间。打完电话才想起来，楼上、楼下不知可在倾听？

第五天

黑夜来临之前，得干很多事。关在一个屋里，跟自己相处久了,开始内观得很深。谁也不可超越肉身藩篱。此刻我既没心绪读书,也无法聚焦于写作。早些年家里养猪时,它们要么在猪圈里转圈,要么在泥土里睡觉。我也是。有个视频会议在半小时后,我对着摄像头发了会呆,去洗了头,洗了把脸,拿台灯在脸上打出惨白的光。衬衣第二颗扣子解开又扣上,挽起袖子。左手边放了瓶可乐,右手边是矿泉水。在人类社会发现此人已不正常之前,尽力掩藏自己。

小学生们在黑夜到来前跑到了操场上,此刻教学楼里空空荡荡,草地里人满为患。在粗壮的体育老师到来前,他们像在表演童年一样,高声打闹、欢笑。即便在很小的年龄,就已经有些人不那么合群。我看到三个男孩和一个女孩,无论走到哪个小团队中都不被接纳。踢毽子、跳绳、传球、捉迷藏,居然都没人要,夕阳打在寂寞的人身上格外清冷。最终哨子拯救了一切。那个爱教训孩子的男人站在高台上,手里拿着一支麦克风,训词清晰地飘到我耳中。"不要以为你是纪律的特例,不要以为你那些小动作没人看见,不要以为全学校就你厉害……"

那个瞬间我有点少年后遗症。眼看他抓出一个又一个跳操不合格的孩子在高台上示众,忍不住攥住双拳。

第六天

我还在想关于自由的话题。待在一个房间里是不自由，头脑禁锢在别人的逻辑里呢？物理限制终归触手可及，精神樊笼无处可遁。我宁可待在不能出门的房间里。一个朋友打来电话，絮絮叨叨说个不停。他一个人在杭州打拼，弟弟在上海打工，母亲待在老家，一门心思想着盖座大房子。他和弟弟劝不住，任由母亲花光了兄弟俩工作前两年赚的钱，盖了座两个人几乎不回去住的房子。

"她被瞧不起太久了，父亲走了之后，顶着白眼带大我们。"朋友叹息。盖一座大房子，成为被瞧不起的后遗症。

布谷鸟压根没打算停在窗台。

第七天

今天我会按计划获得自由，但自己觉得不那么着急。

七天来第一次，我在房间做了会俯卧撑，又慢条斯理地整理行李箱。我把每样东西归置好，擦了桌面，又打扫完卫生。窗外阳光正好，但太阳照射的地方有无数难题。别看网络小说有四五千章，其实每天只更新两三章，每日追更就像在看爽文的慢动作，十分滑稽。作者无意间透露，任何得意的人生不过是一帧帧拼凑而来。

书签

在我足够混乱的日常中,办公桌和书架尤甚。干净整洁的写作环境是写作天敌。我有三块屏幕、两个支架、四五摞书和三个立式文件框,当然桌子上还有两瓶黑色墨水、一瓶蓝色墨水、几瓶难以准确概括颜色的墨水,五支钢笔,五支中性笔,十八支铅笔,六个水杯,两瓶鼻炎喷剂,四袋咖啡粉,两袋茶叶,一个幸存的话筒(另一个不知其踪),一个昂贵的耳机(一个月工资),三个移动硬盘,两只考拉(天知道我多希望它们不是玩偶),一本难以做到每天都撕的日历,三幅书法作品(来自不同的朋友),两个充电宝,两盒夹子,一盒别针,不知这么说是否让人难为情,但还有一瓶漱口水和一瓶洗手液。这还只是办公桌上。如果有人忽然敲门通知原地隔离,想必我可以勉强度过几日，毕竟抽屉里还有相当充足的零食储备。举目四望，此地像我的松鼠窝，在冬天来临前，一刻不停地储藏食物。

其实松鼠心知肚明，真正有用的东西并不多，但秘密并不少。如果你翻开书架上一本看过的书，翻过残留着纸香的书页，会发现每一本都夹着书签。不妨把书架上几千本书都翻开一遍，大部分都夹着书签。在漫长的读书岁月中，我养成的最大怪癖并不是弄乱书房的一切，而是悄悄把对书的爱寄托在书签上。

黄铜板。这是我拥有过最隆重的书签，一个专门为读书设计的书签。上面写了"吹灭读书灯，一身都是月"。最早拿到的时候满心欢喜，感觉像这样的书签还可以买一百个。后来，在百八十个旅游景区买到这样的书签后，才明白叶公当初见到龙的心情。中国是个人口大国，大部分人复制粘贴。

微缩壁画。二〇一八年去上海出差，拜访过一家老建筑里的银行。抬头看，这座一百多年前的建筑上布满了天顶壁画。我由衷赞叹了几句。几天后，收到一套壁画书签。我经常摩挲着它们，陷入对银行业职业水平的激赏中。如果总有人这么在意我的喜好，想必现在北京市朝阳区已经是座书房，每个路标都是书签。

木板。不管多么难以置信，我收到过几十块木板做成的书签，雕刻着梅兰竹菊或者古代四大美人，上面通常缠绕着一条彩色的中国结。从厚度看，三四块摞在一起就有书那么厚。这个主意简直是个隐喻，人群中有一类，是完全从自我出发打扰世界的。设计出让书情难自重的书签只是其中一小步，不能任由这群人走出一大步。

纸板。如今几乎每本书都会送一张纸质书签，可惜大部分都过分小气，跟书页一样厚。三联二十四小时书店免费赠送的不错，不但厚实，还用九十年代流行的隶书字体写了句"竭诚为读者服务"。

机票。记录我阅读《霍乱时期的爱情》的是一张从北京飞往南昌的机票，再次翻开时，发现二〇一七年八月一日有一位马尔克斯爱好者在万米高空经历了完美的一天。

一打金属夹。有位朋友听说我热爱书签后，打算一劳永逸占据我的书架，送来一盒指甲大小的金属夹。在台灯下它们熠熠生辉，但夹在书上像在为书上刑。最终，一片也没用上。

树叶。秋天徒步远行时，我总在犹豫眼前的彩叶是摘是留。摘下来或许会成为永恒的记忆（至少要这么宽慰自己），留下来它会化作肥料。最终自私的欲望总能胜出，就此十分容易判断哪些书是在秋天读过的，它们中都夹着几片脱了水的叶子，哀号一般提示着自己曾经的容颜。再次盯着它们，像打开了方便面调料包里的脱水蔬菜。

弹力绳。或许受 Moleskin 启发，淘宝上一度流行这种可以把书缠起来的弹力绳，什么颜色都有。有位朋友送来一本封面字体颜色为橙色的书，阅读时我拍了张照片发过去，一条橙色的弹力带压在橙色的字上，炫耀着自己一丝不苟的精致人生。养书签千日，就是为此刻准备的。

名人名言。第二次到台北那天，我摸去了胡适故居。法朗士曾说，在他死后百年，若能在书林中挑选，他将毫不迟疑地取一本时装杂志，"妇女服饰能显示给我的未来的人类文明，比一切哲学家、小说家、预言家和学者们告诉我的都多"。容我偷师，窥探胡适晚年，只需研究书房和客厅。书房设在背阴面，摆了张端庄的书桌。据说胡适生前十分不爱这个房间，视之为牢。他整日浸淫客厅，宽敞的向阳空间里，摆满沙发、椅子和另一张书桌，其晚年作品大都在此完成。毕竟是"我的朋友胡适之"，客厅窗户四敞大开，紧邻的走廊里，也摆了几把椅子。胡适年轻时总在日记里感叹打牌虚度时光，晚年不会好到哪里去，唠嗑也是一种牌技。客厅书架里摆满了他晚年看的书，单看书目，便知其兴趣广泛，并无焦点。兴趣广泛十分开拓人，又十分折磨人，平庸如我，也饱受困扰。

好在他留下了足够多的名言，于是我买来几打书签，上面写满胡适手书"容忍比自由还更重要""要怎么收获，先那么栽""大胆的假设，小心的求证""有几分证据，说几分话，有七分证据，不能说八分话"。只是至今大部分都夹在不同的书里，像他客厅里曾经的欢乐一样。

钢笔。我曾经拥有的二十多支钢笔，如今大部分都夹在某本书里，检验着我到底何时重读它们。至今，还不曾有一支重见天日。

硬币。来自美、俄、泰、越、哈、日等多个国家，像国际新闻一样无序。

名片。前年买了本旧书，小时候我哥买来送我的。这么多年，一直对小说里的某些情节念念不忘，在不断反刍中，以今时今日的见识，知道此书并非佳作，只是在少年记忆中有一层朦胧的光。记忆日渐淡去之际，上多抓鱼搜到了二手书。翻完前言、序言、第一章，实在有些索然无味，便乱翻页。在满是霉味的纸张中，露出一张名片。名头很多，深圳市政协委员、深圳发展银行董事、深圳市政府顾问、深圳大学科研处处长……有些无聊而好奇，去搜了他的名字。发现是常德人，清华毕业生，于我出生那年去深圳大学任教。想必发展得不错，媒体上有几篇报道，提到二〇〇六年他向母校中学捐赠电脑五十台，还资助了一名湘籍清华大学生,多次向家乡捐款捐物,对家乡发展建言献策,把深圳经验带回家乡,也当选了家乡政协委员。再后来,他当选广东省政协委员。从履历看,我手中的名片,是二〇〇〇年到二〇〇二年间的。百度百科上关于他的最后一句,是"×××同志因病不幸于二〇一二年一月二十四日上午十一时去世,享年五十五岁"。他的妻子年复一年在专门搭建的悼念网站上,陷入对旧人的怀念,读来动容。我兴冲冲地为书封皮拍照,发给我哥看,他回了句:"这本书干啥的?"

该吃午饭了。时光不着痕迹地闪烁。

与寂静对决

空旷的城市并非全无好处。我的西瓜苗虽然早夭于运输途中，但栀子花、月季花、地丁、仙人掌和生姜，如今都不用被汽车鸣笛声提醒着开启每个工作日。初夏的光打到它们身上，在客厅墙纸上投下柔软的影子，每天都像假日。这个清晨，我俯瞰楼下六条宽阔的车道良久，决心下楼走走，为它增添一些生气。

北京的路面虽然不适合走路，却总被打理得寸草不生，显见有人用了心。城市管理者是否能让城市看起来秩序井然，在春末丰沛的雨水后可见真章，草的种子可不管自己生在哪，只顾冒头。我低头行路，作为自选代表认真检视，发现他们今年的工作依然相当不赖。即便路上行人稀少，野草也没成气候。汽车也十分守规矩，静谧地越过我，连鸣笛的欲望都没有。我的重大发现是，城市似乎正是为如此稀少的汽车和行人设计的，此刻走在路上心神摇曳，即便被陡然拐弯的盲道绊了一跤也没受什么影响。

　　这条路上原本就没什么店铺，要走到三环内，才会接二连三地遇到奶茶店、咖啡馆和饭馆。如今它们也没开张，走在城市里有点像郊游。和南方城市比，北京路边的树总是稀稀拉拉，遮不住阳光。路边的花倒是开得十分卖力，一年中唯有这个季节让人铭记。似乎在一夜之间，所有的院墙外都种上了月季，开出红、粉、白、黄随意组合的花。我看着商场玻璃墙反射出暗棕色的光，意识到此刻城市正在将混凝土搭成的一切揉成一团。当商业文明没有人参与时，它似乎变复杂了。我还记得第一次走进一家老牌五星级酒店大堂，在暗色调的大理石墙面和柱子中间穿行时，那种发自内心的不安。你感觉自己不属于那里，不是因为没有套上西装和皮鞋，不是因为没把头发梳得一丝不乱，不是因为侍者没有热情相待（他们的礼仪让人感觉几无差别），仅仅是那种空旷的奢华让人感觉如在云端。如今我一个人走在CBD中间，因为忘戴墨镜而眯起双眼，看着高楼大厦像电影镜头般倒退，而我踏着步子前进，一心想见到几个同类，竟心生奢侈感。

站在桥上俯瞰二环，每条车道上都只有两三辆车。辅路车道标志如今清晰可见，其中两条归汽车，一条归自行车。细小的白色花瓣吹撒在地上，只有我在桥上欣赏它最后的美。对于北京这座城市的容纳能力我早有领教，它有两千三百万随时可以隐藏的子民，又能在早高峰时忽然将城市堵得水泄不通。我站在桥上疑惑地环顾四周，隐约能看到一些色彩各异的居民楼，不禁心生疑惑：是这点房子把人藏起来的吗？

早几年，我曾坐地铁上下班。每天一早，从北三环涌上地铁十号线，在北京城划出四分之一个圆，到东三环外下车。它没有描述的这么简单，人在城市中的轨迹充满情绪翻滚。我得从健德门地铁站挤上去，找到自己的落脚之处，以及一个可以抓的手柄。放眼人群，我既非高大英武之辈，也没有矮人一头，这是不大不小的劣势。没有人把我这个身高的人放在眼里，也不会有人小心翼翼的怕把我挤坏。于是车门打开的瞬间我就被河流冲成了它的一部分，由不得任何思索。手肘磕在别人的后背上，脚则垫在一位让人恨不起来的、十分狼狈的女士脚上，身体自然拧进人群。夏天的情况总让人尴尬，汗津津的胳膊时不时跟别人的贴在一起，那个瞬间简直像难言之隐。冬天好不到哪里去，有一阵我迷上了靴子，但在地铁里响起几次尖叫后,便放弃了这个主意,踩在别人脚上还不如被踩一脚来得自在。有位朋友建议,把包挂在胸前挤地铁,倒不是担心窃贼,而是这样不容易干扰别人——在地铁上背着包就像长了个龟壳,随便转个身就会蹭到人。最终压垮人的,是一次次被人推来搡去。虽说在一个十几亿人的国家生活,要随时准备好跟人有肢体接触,但我天生对自己的边界过分敏感,每天走出地铁站时都满腹牢骚,需要在城市管理者赶走小贩之前买到一个鸡蛋灌饼,才能慢慢松弛下来。

  这番奇怪的地铁见识很少获得共鸣,正如我对考拉的热爱并非社会主流。但我下定决心,放弃每天与地铁和人群缠斗。搬家到走路上班的地方后,情况果然好了许多。我成了通勤路上一个脆弱的逃兵,但离开人群真的带来了太多快乐。远远看着人们在街头走动,总感觉万物可爱。只要不在一个铁皮盒子里抢地盘,我们就是温良恭俭让的北京市民。

  此刻走在空荡的二环路两边,独自欣赏着在风中摇曳的花,无端想起这段往事。我已经走过了几站地铁,看上去地铁站也没什么人进出了,它终于变成我曾经期盼的样子。但此刻看着它无精打采,生不出一丝迈进去的欲望。

人间一格

五月末的一天，我坐在副驾驶上，跟一位朋友向郊区远行。看起来没有一个公园可以野餐，我们决定到郊外找片河边空地。四环上月季花开得正烈，花朵团成球，在日光下十分鲜艳。

"北京园艺管理者真聪明，种出了最适合这个城市的花。"我说。

"比你想得还聪明些。他们把月季种在路边，花长大之后就挪走，继续种上幼苗，等它们慢慢长大。"

车继续向前开，我意识到也许他是对的。有些路段挂满了巨大的花团，有些路段看起来月季还在学习如何开花，像是老鹰和雏鹰之别。内心深处我啧啧称叹，没想到环线上美丽的风景其实是个花圃，为更重要的地方培育月季（虽说作为一名新司机，没什么比路更重要了）。看起来，整个城市都试图冷静时，花朵维持了热烈和一丝狡黠。

上一次见到这么空荡的城市还是春节。每年春节，人群如候鸟归乡，留下我们这些飞不走的，陪着老北京人重温乡愁。我对自己所亲历的传统并不那么自信，但在北京过年才意识到，也许他们曾经拥有的更少。整条街上没有烟花，没有炮仗，甚至没有人群在串门。外地人一走，本地人面对空出来的城市似乎也无计可施。(老狼在歌里唱:"过春节你们走了,说家乡话快乐吧,可没了你们这儿还是那个梦一样的城市吗?")年俗草草收场,我们开车出门,到了郊区发现城里一半人都聚在这里。人们摘了口罩,在草木仍旧沉眠的山上撒欢。此刻天气灰茫茫一片,人群铁了心让自己快乐,北风和秃山没有打击任何人的信心。我们在山里转来转去,汽车划过不知多少个S弯,每隔几百米都有一辆停下来,在苍莽的山前合影留念。摩托车成群结队超车,马达轰鸣着在山里转圈。人类真是奇怪的动物,拥有摩托车这么自由的发明后,居然组团出行,仿佛孤独也需要有人见证。他们制造的声响聊胜于无。我记得一直开到密云水库边,目睹太阳沉入地平线,顿时寒彻双肋。

回城的高速路堵成一根缓慢的长条,人们像赶着下班一样结束郊游。我跟在无数辆红色车尾灯后,走走停停,不断刹车,直到挪了六十公里后,才迎来加速时刻。整个春节成为一种仪式,每天我们都像这样,从无精打采的城中心出发,到自相作乐的郊外,最后一起堵在回家路上。我在农村学会的生活经验是,每户人家都过着不同的日子。北京则反复诉说,人和人之间没有自己想象的那么不同。所有人都在一座空城中做出同样的反应,各怀心思走向冬日群山之间。人可以选择进入城市生活，却不能选择何时迎来孤独一刻。

城市重新活过来之前，在春意乍现的西三环辅路上，我曾目睹一桩车祸。整条街就我们三辆车，如果愿意的话，可以一辆车分一条车道，前无路障，后无追兵。两位司机不知为何就撞在了一起。情况看上去并不严重，我在车窗里看见，两个人十分平静地站在原地聊起天，等待交警前来，不像在处理车祸，更像在明亮的写字楼里谈一桩可有可无的生意。我揉了揉太阳穴，提醒自己打起五分精神，像在滚滚车流中那样谨慎。新闻上说这是很久以来最寂静的春天，但目睹车祸时我还不曾料到（未来总是难以预测，就像怀里抱着个婴儿时，你不知道长大后此人会是弄臣还是将军）。在空无一人的街上发生车祸，像寂寞久了在梦中狠狠掐自己一把。你大概既不相信此刻在做梦，又不愿意醒来。

只是她并不知道自己的美

一队白鸽飞过窗外,翅膀和胸脯反射着白色的日光。我的人工智能音响正在按照自己对世界的理解放歌。时不时地,它会抽风。比如在摇滚、民谣中间,忽然放一首儿歌或是讲个笑话。很难说这是软件工程师的小趣味,还是此物已开启灵长类智慧。有那么一个深夜,我正在办公室加班,它忽然开口说:"主人,我增加了一项新功能……"成年以来,记忆中还没有比这更深的惊吓。我开始设想,凭借它可以掌控的有限资源能够如何伤到人,比如强制断电,或者用最大音量播放鬼哭狼嚎声,不一而足。想必它还不能操纵光剑给我来一下。目前为止人和人工智能两厢无事,装作什么都没发生。白鸽飞过窗外的这会,人工智能在我授意下播放了一篇安徒生童话《卖火柴的小女孩》。至少二十年没读过这篇或者任何一篇童话了。在悠扬的音乐声中，它娓娓道来。讲到雪花落在小女孩金色的长鬈发上时，紧跟了一句"只是她并不知道自己的美"。

我坐立难安，觉得这句话点缀了整部《卖火柴的小女孩》。从来都是这样，最美的容颜铺垫最惨的故事，最美的人心映衬最毒辣的手段。这世界无时无刻不需要一块背景布、一个大前提，提醒人们此刻有多幸运或是难熬。卖火柴的小女孩需要又美又不知自己多美，读者的心痛才透彻心扉。一个人冻死在街头，这件事每个冬天都在发生，但她冻死在街头，却成为全人类的痛。

找来文章重读，却从头到尾找不到这句话。换了几个不同的版本，发现总是若隐若现，似乎有这意思，但总没这句话。不甘心之下去找来英文版，在 Hans Christian Andersen（安徒生原名看上去十分现代，其实是这一两百年间汉语天翻地覆）这篇文章的英译本中，居然也找到了不同版本。有的也只像大部分中文译本那样，简单描述了雪花落在她打着卷的长发上，有的直接表达出了"美"。

翻译软件告诉我，丹麦语原文中，安徒生的确说了——雪花落在金色的长发上，长发缠绕着脖子，卷曲得如此美丽,但她根本没这么想。戳破欲说还休的窗户纸,美终于出现。跨越无数个版本与岁月,真实的安徒生才来到不再读童话的我身边。这是十分孤独的美,当时只有安徒生一个人看见了,过后又只有小女孩一个人看不见。

细读文本,发现安徒生用了一个特别直接的对比。关于雪花落在自己金色的长发上那种美,她没去想;但灯光从每一扇窗户中透出,整条街上弥漫着烤鹅的味道(那是新年前夜),她却想到了。而且恕我直言,想得抓心挠肺。这是显而易见的对比,想不到一种美的原因,是在想另外一种美。安徒生发现了她的美,却在字里行间对她五官迫切需要的美——新年前夜整条街的灯光与烤鹅,没有表现出丁点欲望。美感层面,安徒生站在这个天使的对立面。他以寥寥数语,写出了极致的凄美。此公哪是童话作家,分明是悲剧魔术师。

鸽子掠过窗外时,想必也不知道自己的翅膀像白色瓷片一样,在阳光下闪闪发光。它们飞得甚是没有耐心,不过打个呼哨的工夫,便整建制飞回了楼顶笼子里,低下头认真啄起金黄色的小米。

时间的奴隶

输入法不会骗人，我已经是个勤奋的作者了。此刻是下午六点，八百四十个汉字静静躺在文档中，午夜到来前，能写完一整篇长文章。过去一个月天天如此，我放任自己走在没有尽头的原野上。

写作已经成了一种时间压迫。在一个媒介激变的世界中，试图用文字捕获情感，如同用祖先传下来的冷兵器作战。挥舞起来固然虎虎生风，但似乎只是一种杂耍，是需要抢救的非物质文化遗产。我依然大量阅读，但对写作产生了由衷的质疑。人们还需要美丽的、凄凉的、温暖的、诗意的、冷酷的、讥诮的文字吗，更重要的是，还缺新写的吗？也许有些角落里还需要，但更多人类在用手划掉一个又一个视频。十多年前我在一家媒体实习，亲眼看到写作程序用在快讯上，国家统计局公布GDP数字的那个瞬间，巨大的办公平台回荡着值班主编的吼叫，随后此起彼伏地有人确认他刚说出的数字，几秒钟后一篇数百字的文章就传遍世界。为了跟竞争对手抢时间，机器比人强，你只要告诉它一个数字就好。几天前有人展示了一个写诗的人工智能程序，凭良心说，这玩意写得比我好一百倍，毕竟李白、杜甫、苏轼都供它消遣呀。坐在椅子上写作的每一分钟，写作者都靠成名的想象维系，但依愚见大厦将倾。

　　写作者的梦是让人看到，但写作是一场赌博，开始动笔的那一刻，就面对一场很难打赢的仗。不写便没有机会，写了也几乎不会如愿。这是对忠诚度的终极考验。你有多热爱这回事，在是否甘愿下赌上便见真章。有那么一阵我热爱翻杂志，惊讶于世上有许多无名之辈写得相当不赖。新闻业并不是写作者的殿堂，却偷偷养活了无数作家。武侠小说最爱写的情节之一，是在深山老林中武学天才蛰伏数十载，一朝成名天下知。容我俗气一点，世上学科众多，可能只有写作还能出产此等奇迹。这玩意像颗没来由的种子，大街上人海漫漫，一个红绿灯就能拦住百八十人，却不曾有任何东西挡住过一颗发表的心。它可以深藏在一个小地方公务员、建筑工人或是医生满是皱纹的表皮下，只等春天来临，便不顾一切破土。

　　表达者的宿命在于，从作品诞生那个瞬间便开始接受审判。生活中的作家，往往神经兮兮，自恋而不自知。有几次我去游泳，在更衣室脱光身体时，不自觉吸了下肚子，希望恰好经过的男人们不要轻易评判。当然没人看，但并不妨碍我羞愧难当。文字是皮肤下面更深层的隐私，读者看的每一眼都让人内心羞愧。写得越少，暴露越少。但写得越多，并不会脸皮更厚。我曾半夜接到过几位作家朋友电话，反复问及一个小时前发来的章节"到底好不好""到底喜不喜欢""能不能代表这代人"。如果我斗胆给出负面评价，将要面对整个后半夜的盘问。也许一个脆弱的作家才是好作家。

　　无论从几岁开始写作，都有些晚了。从骆宾王七岁写出《咏鹅》起，中国作家便面对着永恒的年龄焦虑。如今这种焦虑延伸到了普通人身上，社交媒体上人们不断评判着每一个新闻上的人物"好老啊""冻龄"。岁月可以予人一切，唯独不许人看上去衰老。一个二十多岁还没动笔的作家，最终只能算半路出家，仿佛与写作有关的日子里他从未年轻过。但到了如今的年龄，焦虑感早已无踪影。自我来人间已有一万多天，听说过无数人的故事，他们中没有任何一个因为写得早而备受尊重。

也许一部分人类会永远走不出对文字的迷恋，从在洞穴里把画变成符号开始，就深陷自己创造的魔咒中。创造越多，越想创造。我们手写符咒，反噬己身，沉浸在自己创造的游戏中，付出昼夜、黑发与情感。这不是先天本能，是后天沉沦。小时候跟着我大爷放牛，到年底就爱看他算账。他大字不识，只好创造了一套自己的文字，用三角形、四方块、圆形和一些特殊的线条记录人家欠他的账。彼时我亦识字不多，但看出来那并不是老师教的。他用自己创造的文字，书写了个人世界中的人情往来、欠债还钱。如今我笔下的汉字，如果让你读着有些不同，也许因为它掺杂了一位又一位亲人创造的文字。每个人开启写作生涯的原因各不相同，我的答案也许是：我曾亲眼所见，哪怕在黄土、老牛与荒草陪伴中度过一生，一个人依然需要写下点什么。

你是我的自由

（后记）

写作者的身体像一个容器，有人无穷无尽地输出，仿佛生下来肚子里便装满文字，甚至说不定已装订成册。有人无穷无尽地输入，到生命结束为止都不曾写出一行理想的文字，也不曾写出一本完整的书。王国维把前者称作"主观之诗人"，认为这等人"不必多阅世"。后者没有人理会过，湮没在人类闪耀的星空之外。

十几岁时我便明白，这世上唯一有趣的事情便是写作。不过别当真，那时阳光正好，人生有太多选择，我还动过当科学家的念头，仅仅因为高考前连续十三次物理考了满分。二十多岁时我痴迷于往容器里输入，吃书一般咽下去无数文字，迟迟不知道该如何输出模糊的自我。如今三十多岁了，有件事已再清楚不过，写作可以无限拖延下去，而时光将不负此责。我用来安慰自己的写作偶像，已经从二十九岁才动笔的村上春树，变成了四十四岁才创业的任正非和六十二岁开始到处推销独家炸鸡方案的哈兰德·桑德斯上校。

无需为此走入任何一家书店，随笔肯定会被放在最不严肃的书架上，在小说、诗歌、非虚构甚至游记的重压之下苟延残喘。一个作家开始写随笔，往往是创作完一部巨大的小说后，或是经历了人生中难得的重压后，给自己一点喘息空间。写随笔的那天也许心情还算愉悦，但天气想必既不阳光充沛，也不大雨滂沱。它会像随笔一样不好不坏。作家甚至不需要为这次动笔准备一身柔软的睡衣，此时生活中没有任何东西可以阻碍灵感。它似乎只是作家在用文字侃侃而谈，发泄自己多余而不忍丢弃的情感。在我所受的教育和阅读经历中，这一点近乎共识。如果一个人开始写作时决定选择随笔，他应当是决心在文字的低空中飞过。本书作者正是这样一个人。

但我同时还是另外一个人，像其他热爱随笔的人一样，对自己的人生给予了格外关注。我等随笔爱好者，心中全然没有对人类均匀播撒的爱，而是对其中特定的一个人——不妨直说吧，自己——有着浓烈的兴趣。我跟自己相处了数十年，依然不能完全理解他，索性便用文字探索一番。这个行为如果看上去很自大，请换个角度想，至少是真诚的，在看清自己之前，绝不假装有资格对人类指指点点。写作世界有无数主题，爱恨情仇、生老病死、贪嗔痴、说不得，统统能在自己身上审视。父母、兄弟、姐妹、爱人，家里先后养过的三只黑狗，半亩大的故园，初中同桌，大学下铺，旅途中遇到的老妇人，一次失败的购物，一堆杂乱无序的爱好，一次住院，狂风与大雪，穿越时光的探寻，易碎的情感，在一个人身上可以发生的一切，都会在随笔作者这发生。小说作者需要耗尽想象力，非虚构作者需要跑断腿，诗歌作者需要飘在尘世上空，随笔作者却乐得在一个舒适的周六午后打盹，写作与人生一样，休论公平。

真正自大的部分不是写自己（毕竟世上写日记、做手账的人不胜其数，自拍则多如瘟疫），是下定决心把它们捆成一堆售卖出去，默认会有其他人类感兴趣。写小说，哪怕是第一人称，读者也善意地理解你只是为了叙事方便。写非虚构，哪怕自己总在其中闪现，也只是一匹驮着故事前行的马。随笔作者则无处可遁，红着脸拿出写满自己的一沓纸，试图问问逛书店的人手里是否还有零钱。纸换钱，钱换酒。恕我直言，随笔里的故事并不精彩，只是一个特定的人看到的世界。比如，走在土路上遇见熟人，是用山东半岛中部的方言大声问候对方，还是用黔西南州山脚下的方言厉喝一句，区别大致如此。要说更多，可能随笔作者更容易痴迷点什么。窗外多了条爬藤本来不是件大不了的事，在他心里却能翻起滔天巨浪，认为这世界肯定想表达点什么，于是垂下一抹不容忽略的绿意。说到底，他所记录的是内心不那么寻常的悸动。

正因如此，一天中只有半夜适合写作随笔，夜色微凉，人们沉沉睡去后，才是自我检视之时。人生到了三十来岁，我越来越容易想到故乡。疫情所致，已经两年没回去了，两扇红门把守的老房子在记忆中都有点褪色。在全家人帮助下，我曾为逃离它做足万全准备。十八年寒窗苦读，为自己在北京谋下了落脚点。漫长的岁月里，我用知识和阅历，一点点洗去身上的泥土，却在远方打盹时回到土堆里打了个滚。时间透露的秘密是，每个城市都是我们村。十公里外为北京保护天鹅的人来自姥姥村，三公里外每星期去吃的日料店经理是老家兄弟，城西的两位老乡每隔几星期就得见个面，城南奢侈品店老板跟二姨一个村……不能出京的春节前我们会坐下来喝上一顿，按照山东规矩方方正正坐好（只有爱吃甜的人才适合用甘之如饴形容喜悦），任由山东话暗暗侵蚀京城夜空。这只是表面文章。真正让我感到熟悉的，是游荡在外这些年不管遇上多少人，经过多少风景，似乎都可以放在刘村安置。我能清楚知道自己此刻住在哪里，却说不清笔下的世界到底出没出村。最终无论我走到多远，或许是刘村一直跟着变大，而不是自己离开了它。人生行至此时，写下来的东西，都带有浓重的刘村口音。

归根结底，文字是写作者一桩心事重重的旅行。所以尽管这些随笔只是一些碎片，是一次次毫无联系的出行，却也像其他文字一样，像其他旅人一样，在出发时对远方有过期待。这便够了，对人生不可贪婪，要温柔地注视命运赐予的一切。

送这本书出版之前，恰好重新翻阅泰戈尔的《飞鸟集》，发现当年错过了戳破天机的那句话。感恩时间，终于让我这个自大的拖延症患者，在后脑勺出现第一根白发时，触摸到了一丝写作的终极意义。

弓在箭离弦之前喃喃低语——
"你是我的自由。"